… dann kommt der Krieg zu dir."

Der Dresdener Frauenkirche

Benno Weiß

… dann kommt der Krieg zu dir."

Erzählung mit Szene

Bibliografische Information der Deutschen Bibliothek:
Die Deutsche Bibliothek verzeichnet diese Publikation in der Deutschen
Nationalbibliografie;
detaillierte Daten sind im Internet über
<http://dnb.ddb.de> abrufbar.

© 2005 Benno Weiß
Herstellung und Verlag: Books on Demand GmbH, Norderstedt
ISBN 3-8334-2982-8

Vorwort

Was haben Cornelius Tacitus (römischer Historiker), Ibn Khaldun (arabischer Philosoph), Helmuth Plessner (deutscher Soziologe und Philosoph), die Toten und Überlebenden des Bombenangriffs auf Dresden vom 13./14. Februar 1945, Joachim Holtz (deutscher Fernsehkorrespondent) sowie Milan Stern (Psychiater in Sarajewo) gemeinsam? Sie heben in einer fiktiven Szene die Grenzen zwischen Vergangenheit und Gegenwart auf, um die real Gegenwärtigen auf ihre *verdammte* Pflicht und Schuldigkeit gegenüber dem Zukünftigen einzuschwören.

Der Autor des vorliegenden Buches ist all diesen Personen zu Dank für manche Einsicht verpflichtet. Nach stummer Zwiesprache mit ihnen ist er zu der Überzeugung gelangt, dass der biblische Hinweis, an den Früchte werde man erkennen, die Aufforderung enthält, diejenigen in den Blick zu nehmen, welche die Saat ausbringen – gerade auch dann, wenn allerlei fromm erscheinendes Beiwerk im Spiel ist.

B.W.

Erstes Kapitel

Heidrun Karl war enttäuscht. Mal wieder. Wieder hatten sich die Dinge so ergeben, dass ihr, Heidrun Karls, hoher Sinn nicht verstanden wurde. Dabei wollte sie doch nur das Beste. Für wen, das wusste sie nicht so genau, aber muss man das denn überhaupt immer so genau wissen? Sie tat alles dafür, dass ihr Gutwollen unmissverständlich war. Deswegen war sie auch Pastoralreferentin geworden. Vielleicht konnte sie ja so durch ihre Weiblichkeit, von der sie nachgerade ergriffen war, ihre tief gefühlte priesterliche Berufung den Menschen darbringen. Beim Einstellungsgespräch hatte der Pfarrer sie unermesslich gerührt, als er sagte, es sei auch ihre Aufgabe, die irrenden Menschen da abzuholen, wo sie sich gerade befänden. Dass ihr die katholische Kirche das priesterliche Amt verwehre, dürfe sie nicht als bewusste Niederhaltung der Frau verstehen. In ihrem Beruf als Pastoralreferentin habe die Kirche ihr eine Aufgabe zugewiesen, die ihr, Heidrun Karl, in ihrem Frausein besonders entspreche. Pastoralreferentin, das bedeute immerhin, immerhin sagte der Pfarrer, dass sie das hirtliche Wort nicht verkünde, sondern in die gute christliche Tat umsetze. Eigentlich war Heidrun Karl immer durchaus festen Willens, alles sie direkt, indirekt oder auch gar nicht Betreffende kritisch zu sehen. Das Wort des Pfarrers, mit dem sie sich selbstverständlich in der christlichen Botschaft tief verbunden fühlte, konnte hingegen leicht sämtliche Zurüstungen weiblichen Selbstbewusstseins bei Heidrun hinwegwischen. Das Wort 'immerhin' hatte sie mithin auch nicht mehr gehört.

Dann kam Kerkhove daher und faszinierte einfach. Kerkhoves Geistigkeit ließ auf eine tiefe Seelenverwandtschaft mit ihr, Heidrun Karl, schließen. Mit ihm, dachte Heidrun Karl, könne sie ein rein geistiges Reich allumfassender Harmonie errichten, an welche sie sich rückhaltlos verströmen könne. Denn das Verströmen galt ihr als ihre höchste Seinsbestimmung. Die diesem Gipfelbereich vorgeordneten Stufen des Erklimmens hatte sie bewältigt. Die wunden Knie, die sie sich dabei geholt hatte, schufen ihr ein gutes Gewissen. Auf dem Weg diese Stufen hinan hatte sie ihren Bertram geheiratet, mehr aus Mitleid als aus Liebe.

Bertram Karl war in einer großen Familie herangewachsen. Die Eltern hatten es verstanden, die unterschwellige Strenge ihres Regiments den Kindern als unabweisliches Naturgesetz fühlbar werden zu lassen. Bertram erlebte dies als Geborgenheit.

Die Anforderungen der Schule entsprachen seinem Wesen, das die Inhalte formaler Bildung ohne Reibungsverluste in sich aufnehmen konnte. So hielt er denn schließlich auch ein glänzendes Abiturzeugnis in den Händen.

Gewöhnt an das Milieu kirchlicher Jugendarbeit, begeistert teilnehmend an zahlreichen Unternehmungen des Bundes Neu Deutschland und bereitwillig den Worten des Pfarrers vor allem immer dann lauschend, wenn dieser so schön über die Notwendigkeit des Engagements im allgemeinen sprach, unternahm er es an seiner Universität als erstes, den Kontakt zur katholischen Studentengemeinde herzustellen. Den Schutz, den ihm diese Gemeinschaft bot, dankte er dieser mit reger Teilnahme an allem, was Engagement verlangte. Wenn es mal wieder eine 'action' gegeben hatte – ho, ho, schon sehr frech, dieser Ausdruck, aber man war ja Student –, sprach er wie auch in seinen früheren Jahren von sich immer nur als 'wir'. Sein Erleben war immer Gemeinschaftserlebnis. Auch seine Professoren erreichten immer nur sein Wir-Gefühl. Eine Ich-Regung verspürte er eher verlegen und verschämt. Am leichtesten war ihm solche Regung dann noch, wenn er sich sagen konnte, dass er seinen Professor verehrt. Professoren, die er nicht verehren konnte, verbannte er kurzerhand aus dem Wärmebereich seines Focus. Sie ließen ihn kalt, und das ließ er sie spüren. Im übrigen hatte er sich den Alten Sprachen und der katholischen Theologie verschrieben.

Nach einem glänzenden Examen ging er in die Schule. Seine ausgezeichneten Noten ebneten ihm die Wege, und mit dem Eifer seines unversehrten, sorgfältig eingewatteten Idealismus machte er sich an die Erziehung der ihm Anvertrauten.

Alsbald machte er jedoch die ihn tief verstörende Erfahrung, dass seine vertrauenheischende Gutwilligkeit bei seinen Schülern Gleichgültigkeit, Ablehnung, ja sogar Misstrauen hervorrief, mitunter aber auch einfach nur Belustigung. Drei Jahre hielt er durch. Doch obwohl er wegen seiner hervorragenden formalen Begabung früher als alle anderen Anwärter befördert worden war, verließ er schließlich die Schule und wechselte in die katholische Erwachsenenbildung.

Die Angst vor eigener Courage hatte er zu Vernunft veredelt, und so ging der Wechsel denn auch problemlos vonstatten. Und nicht lange währte es, da blühte Bertram sozusagen förmlich auf. Erziehen musste er nicht mehr, es reichte, sorgsam arrangierte Inhalte rhetorisch intelligent

9

zu präsentieren. Er wusste vereinzelt sogar zu faszinieren. Uns so lernte er Heidrun Voss kennen.

Heidrun nahm selig beschwingt Bertrams Einladung zu einem beschaulichen Verweilen auf einer Bank an, die vom Philosophenweg hinab einen stillen Blick auf das verschneit daliegende Dorf mit seiner Kirche in der Nähe von Kaufbeuren ermöglichte. Auf dieser Bank eröffnete man sich, wie wichtig es sei, den anderen da abzuholen, wo er sich befindet. So heirateten sie.

Die Ehe der beiden blieb ruhig und kinderlos. Das katholische Band hielt diese Ehe zusammen, die Unterströmung einer allgemeinen, nicht zu stillenden Sehnsucht in Heidrun entfernte diese jedoch, lange von ihr unbemerkt, von ihrem Bertram. Als sie es schließlich erfasste, reagierte sie kühl. Das spürte auch Bertram. Und so verdrückte er doch immer wieder einmal eine heiße Träne, wenn ihm die Erfüllung seiner beruflichen Pflicht gelegentlich ein einsames Hotelzimmer bescherte. Er trank dann auch schon einmal ein Glas Wein mehr.

Die Zeit, in der es immer deutlicher allein dem Katholischen anheimgestellt war, diese Ehe zusammenzuhalten, bewirkte bei Bertram eine gewisse Erosion in seinem Herzen. Die Spuren füllten sich allmählich mit jenem bitteren Gefühl, das er in klaren Momenten als Misstrauen identifizieren musste. Seine Umgebung bemerkte diesen Wandel daran, dass dieser Mann, dem Vertrauen immer alles war, sich mehr und mehr aufs Taxieren und Taktieren verlegte. Für sich genommen vollbrachte er in diesem Modus Erstaunliches. Das Erstaunen bei einigen wenigen, die einen etwas engeren Umgang mit ihm hatten, galt aber auch der kühlen Forschheit, die er, der immer auch zur Rührseligkeit neigte, aufbringen konnte, wenn er christliche Inspiration zu verspüren glaubte. Es fiel zudem auf, dass sein Wunsch helfen zu wollen, sich vorrangig Aufgaben verpflichten zu müssen vermeinte, an denen er nur scheitern konnte. Hätte er tatsächlich einmal helfen können, verlegte er sich auf flüchtige Bekundungen des Gutmeinens oder war dankbar, etwas delegieren zu können. Mitunter sank bei ihm der Strahl seines katholischen Engagements in sich zusammen, kaum dass er sich aus dem Brunnen seiner Gefühle zur rechten Kraft entwickelte. Solche Ereignisse in ihm konnten ihn nach außen hin ungerecht sein lassen.

Heidrun hatte ihrerseits damit begonnen, ihre Innenwelt neu einzurichten. Von einer Ordnung im engeren Sinne konnte allerdings nicht die Rede sein, zumal es ihr letztlich nur darum gehen konnte, ihrem euphorischen Naturell die nötigen Flutungsflächen zu schaffen. Das erreichte sie auch dadurch, dass sie kurzerhand einige der ehemals blühenden Felder ihrer Ehe mit Bertram zu Schwemmwiesen für ihre anarchischen Gefühlsströme machte. Verursacher und Opfer dieser Fluten zugleich, trieb es sie denn auch in Erfüllung ihrer Prägungen immer wieder weit aus ihrem Flussbett hinaus. Ihre Umgebung nahm fasziniert, erschreckt oder wohlig erschauert, je nach Richtung des Ergusses, an diesem Naturspektakel teil.

Auch Kerkhove wurde das Erlebnis dieser ungebremst heranbrandenden Gefühle Heidrun Karls zuteil. Es schmeichelte ihm zunächst ein wenig, dass er, auch schon nicht mehr ganz jung, solch ozeanische Schwingungen auslösen konnte, dafür war er Mann genug. Doch war es gerade seine so rauschhaft auf Heidrun Karl einwirkende Geistigkeit, die ihm gleichwohl in unbestechlicher Strenge mitteilte, dass Heidrun Karls Gefühlsstrom einer ihn umgebenden Landschaft entbehrte. Das rief in ihm Bilder der Sintflut wach. Da ihm Hochwasserstände nach 70.000 Litern Wasser im Keller seines Hauses ohnehin nicht behagten und er im Rauschen mächtig dahinwirbelnden Wassers auch zu Pfingstzeiten nicht allein das Brausen des Heiligen Geistes zu hören willens war, stellte er sich so zu Heidrun Karl, dass er das Brausen nur hörte, aber nicht spürte.

Das allerdings spürte Heidrun Karl und nahm es Kerkhove übel. Ihren Blick erfasste ein heftiger Kälteeinbruch, und Kerkhove kam nicht umhin, gelinde darüber zu erschrecken, dass er sich unter diesem Blick ducken musste. Mit einem solchen Klimawandel hatte er nicht gerechnet. Woher nur diese Kälte? Kerkhove hatte geglaubt, den Menschen als solchen über die Jahre recht gut begriffen zu haben. Offensichtlich aber hatte er einiges doch nicht begriffen. Immerhin, er war aufmerksam geworden. Aber er hatte eine Patientin weniger.

Bevor er sich nun auf den Weg machte, kehrte seltsamerweise Heidrun Karl noch einmal in Albert Kerkhoves Gedanken zurück.

Heidrun hatte Kerkhove im Laufe der Behandlung glückgestimmt aus ihrem Leben berichtet. Kerkhove aber hatte nichts anderes getan, als sie, Heidrun Karl, kinesiologisch zu erfassen. Kerkhoves außerordentliches Einfühlungsvermögen deutete sie als fundamental menschliche Bewegung auf ihre Person zu. Sie vergalt ihm das mit rückhaltloser Offenheit in den Schilderungen aus ihrem

Leben. Eine Zeitlang ließ Kerkhove sie reden, versuchte ihr aber dann klar zu machen, dass er nicht Psychoanalytiker sei, sondern einfach nur Allgemeinarzt. Lateinisch gesprochen sei er 'medicus', Mediziner, und seine Tätigkeit sei die des 'mederi', und das bedeute nichts anderes, als das Wesen eines Menschen zu ermessen, eigentlich 'auszumessen', um es dann heilen zu können. Er benötige für seine Tätigkeit keine Details aus der Vergangenheit eines Menschen, sondern vor allem seine Grundkoordinaten. Auf diesen Grundlinien eines Menschen nach bestem Wissen und Gewissen die Zukunftsdaten richtig zu setzen und ihnen entsprechend Verlaufskurven vorzugeben, das sei seine Aufgabe und auch seine Kunst. Zwischen ihm und seinen Patienten stehe nicht das industriell hergestellte Medikament, sondern lediglich das Fluidum des gesprochenen Wortes. Da vor allem Frauen Opfer des fest in die gegenwärtige Zivilisation eingepflanzten Widerspruchs zwischen Kommunikationsbesessenheit und Gesprächsverkümmerung seien, geschehe es regelmäßig, dass sich Frauen in ihn verliebten. Und auch sie müsse er fragen, ob sie sich in ihn verliebt habe.

Heidrun Karl war wie vor den Kopf geschlagen; denn zum einen war sie tatsächlich in Kerkhove verliebt, und zum anderen war klar, dass alles diese Verliebtheit mitteilen durfte und sollte, nur eben nicht ein klares Bekenntnis. Ganz unsentimental und wortschlicht mit ihren Gefühlen für ihren Arzt durch diesen selbst konfrontiert worden zu sein, das ließ Heidrun Karl für Kerkhove schlagartig erkalten.

Die Behandlung brach sie ab. Kerkhove blieb das Bild einer Frau zurück, die aus, wie sie selbst sagte, kleinen Verhältnissen kam. Sie hatte sich immer sehr bemüht, aber sie musste sich eingestehen, dass es nichts für sie gegeben habe, weshalb sie auf ihre Eltern hätte stolz sein können. Sie war mit ihren Begabungen weit über ihre Eltern hinausgewachsen, und so blieb letztendlich das Dach, das ihre Eltern errichtet hatten, für sie zu niedrig. Versuche, diesen Umstand nicht weiter zu beachten, blieben bei ihr neckisches Spiel.

Für die Launenhaftigkeit Heidrun Karls, unter der besonders ihr Ehemann litt, hatte sich Kerkhoves Imaginationskraft das Bild des Wettermädchens geschaffen, das nur bei gutem Wetter vor das Wetterhäuschen tritt. Das bedeutete aber auch immer, dass sich Bertram Karl während solcher Zeiten im Inneren des Wetterhäuschens aufhielt. Mit einer gewissen Folgerichtigkeit erschien jetzt, da Heidrun Karl sich wegen atmosphärischer Störungen in den Hintergrund verabschiedete, Bertram Karl vor Kerkhoves innerem Auge. Und in der Tat, was Bertram Karl in Kerkhoves Blickfeld drehte, empfand auch dieser als drückend.

Kerkhove hatte Bertram Karl kennengelernt, als eine sonnige Laune Heidrun Karl bewogen hatte, ihren Ehemann zu einem Termin bei Kerkhove mitzubringen. Kerkhove hatte schnell feststellen können, dass das Bild, welches er sich auf Grund der Schilderungen Heidrun Karls von ihrem Ehemann geformt hatte, auch der äußeren Erscheinung Bertram Karls recht nahe kam. Der massige Körper stand in seltsamer Beziehung zu Bertram Karls priesterlich sanfter Stimme, die wiederum das metallisch Kühle seiner Augen betonte und alles in einer unauflöslichen Zwangsverbindung erscheinen ließ. Gleichwohl lag in diesen Augen auch ein melancholischer Zug, den ein bedrängtes Herz in ihnen hinterlassen haben mochte. Die hohe Intelligenz des Mannes sprach umgehend aus seinen klug gesetzten Worten, aber auch ein Leiden an sich selbst, das sich zwischen Intellekt, Berufung und Schuldgefühlen eingenistet hatte. Diese Schuldgefühle Bertram Karls traten als stark wirkendes Bedürfnis nach Buße hervor, aber auch als tiefe Angst vor den Folgen einer solchen Buße. Gut sein wollen und gut sein können schienen bei Bertram Karl nicht in Einklang kommen zu können, er erweckte den Eindruck, nach dem Grundakkord seines Lebens, der doch nur in ihm sein konnte, außerhalb von sich zu suchen.

Für Bertram Karl war die Begegnung mit Kerkhove von besonderer Bedeutung. Er genoss die Ursprünglichkeit in Kerkhoves Bildsprache, schloss von ihr auf eine urmächtig wirkende Rhetorik, die selbst zu besitzen er zu hoffen sich erkühnte, die ihm in der Verfügung anderer aber Angst machte. Deswegen begann er, während er bei verschiedener Gelegenheit mit Kerkhove immer wieder ins Gespräch gekommen war, sich allmählich gegen Kerkhove zu wappnen. Dazu drängte ihn, ohne dass er recht Einfluss darauf nehmen konnte, ein fast suchtartiges Verlangen nach Schutz. Mit einem gewissen Schrecken nahm er auch gegenüber Kerkhove wieder für Momente wahr, dass er der eigenen Person nicht immer trauen mochte. Er fürchtete diese Momente, in denen er nicht umhin konnte sich einzugestehen, dass ihm gewisse Züge seines Wesens unangenehm waren. Dieses Eingeständnis aber war in fataler Weise gleichzeitig wiederum ein Nährboden, auf den die Faszination, die nach wie vor von Kerkhove ausging, ungeschmälert einwirken konnte und Neid sowie verwandtes Unkraut wachsen ließ. Vor allem war es Kerkhoves Art, in ruhiger Sicherheit und überzeugt Aussagen über Menschen, mithin auch ihn, Bertram Karl, zu machen, auf die seine empfindliche Moralität nervös reagierte. Einen Unterschied zwischen Aussage und Urteil mochte er dann nicht mehr machen, denn Kerkhoves selbstverständliche Unbekümmertheit eröffnete in ihm die ungeliebte Spannung zwischen Ärgernis und Bewunderung, die er nur um den Preis lösen konnte, dass er die Bewunderung betäubte.

Kerkove seinerseits nahm mit Erstaunen wahr, dass sich Bertram Karl langsam gegen ihn verschloss. Kerkhove hatte genug Menschen in seiner Arztpraxis erlebt und somit wenig Grund anzunehmen, dass es nicht Misstrauen war, was Bertram Karl ihm gegenüber in seinem Verhalten zunehmend bestimmte. In dieser Phase der allmählichen Abkühlung zwischen Bertram Karl und Kerkhove war es aber dann doch noch einmal, nicht ohne schwärmerisches Zutun Heidrun Karls, zu Umständen gekommen, die es Bertram Karl erlaubten, mit der ihm eigenen Hingabe über den Text eines zeitgenössischen Schriftstellers zu sprechen. Ohne die atmosphärischen Veränderungen hätte es Kerkhove wohl nie gemerkt, jetzt aber spürte er bei Bertram Karl deutlich, dass die Lebhaftigkeit des Sprechens bei Bertram Karl nicht die Freude am Entdecken, sondern die Genugtuung am Ertappen enthielt. Und mit einem Mal verstand Kerkhove Bertram Karls Bußnot, und er fragte sich, ob es denn dem überzeugten Katholiken Bertram Karl nicht längst schon einmal in den Sinn gekommen sei, sich an einen Seelsorger zu wenden. Es hatte sich gesprächsweise so einrichten lassen, diesen Punkt zu berühren. Bertram Karl bekam in diesem Moment wieder dieses eigentümlich Mottenartige in seinem Gesichtsausdruck und beschied den Frager damit, ihm reiche das Gebet. Kerkhove fröstelte es ein wenig auf dieses Bekenntnis hin, denn es entrang sich spürbar einem zerquälten Herzen und glitt auf einer Gefühlsregung nach außen, die ihm nicht echt zu sein schien.

Kerkhove hatte schon länger die Vermutung gehabt, dass Bertram Karl seinem Herzen nur die Regungen gestattete, die einem taktischen Kalkül gerecht werden konnten. Ein Herz, dieser Art unter Zwang genommen, drohte an seiner Natur zu ersticken und sonderte nur den Schweiß der Gefühle ab, die Gefühle selber blieben unter Verschluss. Allerdings erschienen die unerlösten Gefühle Bertram Karls immer wieder fast geisterhaft als Posen, die er situationsgerecht einzunehmen verstand. In diesen Posen hätte man, wenn man so wollte, ein Umdrehen Bertram Karls sehen können, allein, die Schritte in die Umkehr, in die Buße hinein, unterblieben. Bertram Karls Gebete blieben bei den anderen, die gemäß seiner Wahrnehmung der Umkehr bedurften. Für sich selbst gestattete er sich das Gebet nur als Form, er fürchtete die Unbedingtheit eines Auftrags, den eine tiefe Besinnung ihm hätte auferlegen können.

Als sie sich zum letzten Mal voneinander trennten, fiel Kerkhove deutlicher als sonst auf, dass Bertram Karls Art zu gehen etwas von einem Pinguin an sich hatte. Ein wenig belustigt, aber doch auch von einer Spur Mitgefühl berührt, sagte sich Kerkhove still, dass ein Pinguin nur zu Lande das Bild der Unbeholfenheit abgibt, in seinem eigentlichen Element aber in elegantester Manier seiner Natur gerecht wird. In ihm selbst, Kerkhove, blitzte im gleichen Moment noch ein Gedanke auf, der ihm absurd erschien: *Da geht sie, die Gegenwart, vom Eigengewicht in einen unsicheren Gang gezwungen, hüftsteif, mit weißlich blondem Filzbart, borstig zerzaustem Haar und dunkelblauer Baskenmütze von der Hauptsache kündend.* Erst später erschloss sich ihm, welch tieferen Sinn das zunächst absurd Erscheinende für ihn bereit hielt.

All dessen wurde sich Kerkhove noch einmal bewusst. Dann fuhr er los.

Zweites Kapitel

In Alexander Kessler war ständig Hochspannung, Hitze, Schärfe und eine empfindsame, schmerzlich leicht reizbare Hellwachheit. Er sah ein Ziel erreicht, als es ihm gelang, im Dresdener Osten ein Domizil zu erwerben, um endlich angemessen sein Leben behausen zu können: seine Frau, seine Kinder, seinen Flügel, seinen fragilen Oldtimer sowie seinen legendären Hof des Friedens. Mit dem Hof des Friedens hatte es auf sich, dass der Hausherr in phantasiereicher Anlehnung an die Kassettengräber südeuropäischer Friedhöfe die in zahlreiche Fächer aufgeteilte Bücherwand in seinem Arbeitszimmer zur ewigen Unruhestätte des Geistes erklärt hatte. Das Spiel mit den Wörtern Frieden und Hof erfassten seine Gäste in aller Regel. Wie jedoch die Unruhe mit Hof und Frieden übereinkommen konnte, das hatte noch niemand erfasst, wenn einmal davon abgesehen werden konnte, dass Kurt Joachim sinnig grinste und ein wetterleuchtendes Ahnen erkennen ließ. Diesem Wetterleuchten aber blieb die Verdonnerung zur Sprache erspart.

Inmitten der aufgespreizten Kassettierung bildeten zwei eng beieinander stehende Trennwände ein schmales Fach von 1,5 cm Breite, darinnen ein Buch: Giambattista Vico, Liber metaphysicus. Drum herum kam vibrierend die Kraft aus der Ruhe. Bizarr, Goethe war nicht vertreten. Vor Heinrich Heine stand immer eine frische Blume, vor Jean Paul die wunderschöne Aufnahme aus einem Pyrenäental, vor Joseph v. Eichendorff eine kleine Marmorgöttin, vor Theodor Fontane lag ein Platanenblatt und vor Max Frisch eine frisch gestopfte Pfeife. Vor Vico brannte immer ein Teelicht. All den lieben lebendigen Verstorbenen war ein Stein gewidmet, der von der Decke hing, Speckstein aus Jukka, Speckstein, wegen der hohen Dichte und guten Bearbeitbarkeit.

Kesslers Mittel zum Leben spendeten ihm ein wenig Glück, eine gewisse Lebensgeschicklichkeit sowie seine Arbeit bei einem privaten Fernsehkanal. Über seine Arbeit dort sagte er anerkennend: „Du darfst alles sagen, Hauptsache es ist falsch." Außerdem hielt er es mit den alten Römern: Der Mensch wolle beschissen werden, also solle er denn auch beschissen werden. War er anfangs noch erstaunt oder gar belustigt über die fortlaufende Bestätigung dieses Römerworts, so wuchs in ihm allmählich ein Grauen über die Tiefe des Sachverhalts. Außerdem hatte sich bei ihm das Empfinden durchgesetzt, dass der gewohnheitsmäßige, professionell betriebene Beschiss des Fernsehmenschen durch den Fernsehmacher nach einem Ausgleich verlangte, der den professionellen TV-Gaukler mit seinem Tun versöhnte. Ihm, dem Gaukler, hatte das Leben nicht wirklich Wunden geschlagen, und deswegen war er auch kein Zyniker. Und weil er kein Zyniker war, verlangte es ihn nach diesem Ausgleich. Er hatte lange nachgesonnen, wie dieser Ausgleich beschaffen sein müsse, um die erhoffte Wirkung erzielen zu können. Schließlich griff er zum Telefon.

Kurt Joachim war davon überzeugt, in seinem Leben nur einen Fehler begangen zu haben, den aber so gründlich, dass er alle anderen Missgriffe bedeutungslos erscheinen lasse: Er war Lehrer geworden. Er könne gar nicht so viel fressen, wie er kotzen wolle, ließ er immer wieder verlauten. Dabei erlebten ihn Schüler und Kollegen sehr wohl als Vollblutpädagogen.

Mancher vermisste an ihm Struktur, andere forderten von ihm mehr Disziplin zur Vermeidung von Chaos ein. Kaum einer, auch er selbst nur mit Mühe und unter freundschaftlicher Begleitung, begriff, dass er diese Schwäche haben musste, weil er sonst nicht leisten konnte, was alle an ihm bewunderten: Er war ein begnadeter Theatermensch. Seine schwungvollen und geistwitzigen Inszenierungen auf der Schulbühne waren über die Schule hinaus bekannt und geschätzt. Als energiegeladener, eher kleingewachsener Rundling war er eine feste Größe im regionalen Schulmilieu, in dem allenthalben hinter vorgehaltener Hand mitunter besorgt gefragt wurde, wie lange seine Gesundheit ihm denn wohl Rastlosigkeit und Umtriebigkeit in schon fast sprichwörtlichem Maße gestatten werde. Er selbst konnte glaubhaft versichern, dass die Bemerkungen zum größten Fehler seines Lebens nicht eitle Koketterie seien, vielmehr sei sein möglicherweise ruinöses Theaterengagement lediglich der nur unter Volldampf zu leistende Ausgleich für den Irrtum seines Lebens. Bemerkenswert bei all dem war, dass Kurt Joachim trotz seines Vollblutnaturells nur selten wirklich explodierte, stattdessen selbst dann zu lachen pflegte, wenn er sich über Fressen und Kotzen ausließ. Trotzdem war größte Aufmerksamkeit angebracht, denn es gab nichts, was in seinem Lachen erkennen ließ, wenn ihn dann doch einmal der blanke Zynismus regierte. In solchen Momenten war ihm ein freundschaftlicher Schlag auf die Schulter wichtiger als das um Milderung bemühte Wort. Er suchte dann, schutzbedürftig, wie er war, fast mit der Dankbarkeit eines Kindes gern Unterschlupf bei dieser besonderen Art der handfest bekundeten Freundschaft.

In der Fröhlichkeitsepidemie des '96er Karnevals erreichte ihn gegen 23.30 Uhr ein Anruf. Der Anrufer war von der Vernunft beeindruckt, welche das Ehepaar Joachim veranlasst hatte, um diese Zeit bereits zu Bette zu liegen. Der Anrufer hingegen ließ jede Vernunft vermissen und überzog Kurt Joachim rücksichtslos mit der ausführlichen Darlegung einer Idee. Die Verwirklichung dieser Idee benötige eine szenische Begabung, welche er, der Anrufer, bei dem zu Bette Liegenden als ungebrochen voraussetze. Danke, sagte der Angerufene. Bitte, sagte der Anrufer und nannte auch gleich Termine, bis zu denen fertiggestellt zu sein habe, was in ihm jetzt kurz vor Mitternacht gerade zur abschließenden Reife gelangt sei. Außerdem könne er, Kurt Joachim, doch jetzt mal unbedrängt von irgendwelchen Lehrplänen seinen historischen Interessen nachgehen.

„Ist gut, Alex, wird gemacht."

„Gut, Mann, ich hab's nicht anders erwartet."

Alexander Kessler hatte noch einen weiteren Anruf zu erledigen. Nach diesem Anruf stattete Albert Kerkhove einem schon fast verwaisten Bücherregal einen Besuch ab.

„Entschuldige, mein Lieber, dass ich so lange glaubte, Deiner Einsichten nicht zu bedürfen", sprach er halblaut und versonnen ins Regal hinein und nahm dann mit einer gewissen Ehrfurcht Tacitus zur Hand.

Es begann eine gar nicht so stumme Zwiesprache zwischen dem schmerzlich klarsichtigen Römer und dem peinvoll ernüchterten Abkömmling einer verspäteten Nation. Zunächst war es nur die einfühlende Lektüre der Übersetzung ins Deutsche auf der jeweils rechten Seite der Textausgabe, dann aber warf Kerkhove zunehmend einen Blick nach links in den lateinischen Text. Das Zusammenspiel von Kürze, Präzision und Dunkelheit im Raum der Sprache dieses Römers berückte Kerkhove umgehend wieder. Er hörte die Worte seines Universitätslehrers im Fach Psychologie: „Lesen Sie gründlich den alten Tacitus, das erspart Ihnen mindestens ein Semester!" Der Student Kerkhove tat wie empfohlen, kam aber nicht so weit, dass er sein Studium hätte verkürzen können. Geblieben aber war die dunkle Ahnung, dass es da noch einen Schatz zu heben gebe.

Kesslers Anruf hatte das Zeichen gegeben, dass die Zeit nun reif war. Auf vertrackte Weise hatte das mit Heidrun und Bertram Karl zu tun, aber, weiß Gott, der Fugenverlauf einer menschlichen Existenz ….Der Sinn solcher Fugen erschloss sich häufig erst, wenn sorgfältig abgetragen wurde, was man für natürliches Erdreich hielt, und sich dann als Ablagerung, Schutt und Müll erwies. Das hatte Kerkhove der Beruf gelehrt, und das machte seinen Erfolg aus.

Das Wellenreiten im Vogtland und den Ausläufern des Erzgebirges forderte Kerkhoves gesamte Konzentration. Er brauchte jede der dreihundert Pferdestärken, und deswegen kam der Einsatz der Klimaanlage erst dann in Frage, wenn es in dem schwarzen Sportwagen unerträglich heiß werden würde. So lange die Wärme aber nur von dem direkt hinter ihm trompetenden Motor kam, nahm Kerkhove die Innentemperatur als Mann.

Die Sonne kam, nachdem Kerkhove unter einer langsam nach Osten vordringenden Gewitterfront hinweggetaucht war. Da half der helle Innenraum des Fahrzeugs nichts, da richtete auch die weiß-beige, luftige Kleidung nichts aus. Also der Druck auf die ungeliebte Taste, und alsbald fächelte es dem Fahrer kühl entgegen.

Doch diesmal hatte der Druck auf jene Taste nicht nur einen kühlen Luftstrom ausgelöst. In dem Moment, in dem die Kühle den Fahrer traf, durchzuckte diesen ein Gedanke, der ihm merkwürdig genug vorkam: 'Funktionieren zumindest einige Menschen nach dem Prinzip einer Klimaanlage oder auch eines Kühlschranks?' Klimaanlage und Kühlschrank sollen kühlen, darum geht es hier aber nicht. Klimaanlage und Kühlschrank sind nur Bestandteil eines Systems, und in diesem System wirkt ein Naturgesetz. Ein plötzlicher Druckabfall in der unmittelbaren Umgebung der alles im System ermöglichenden Flüssigkeit bewirkt Kondensierung und damit Kälte. Der plötzliche Umschlag von Liebe in Hass gehört zu den menschlichen Grunderfahrungen. Vielfach belegt, plausibel der Impuls, leicht zu denken, da wird nicht mehr gefragt, was eigentlich abläuft, wenn die Liebe ihre Unschuld verliert. Auch wenn es vor allem bei Heidrun Karl nicht um Liebe und Hass ging, so glaubte Kerkhove doch, den Vorgängen in Heidrun Karl ein Stück näher gekommen zu sein. Kerkhove lachte laut auf, verstummte aber schnell wieder, war angenehm erschrocken und hatte das verdammte Gefühl, etwas Wesentliches über den Menschen in den Blick bekommen zu haben. Näher ran kam er im Moment nicht, der jetzt ständige Wechsel zwischen 60 und 230 band zu viele Energien.

Dresden lag unter einer Kuppel aus Blau und Gelb. Die Durchquerung Dresdens von West nach Ost war zwar etwas zeitaufwendig, aber atmosphärisch wertvoll und zudem hilfreich, Alexander Kesslers Innenleben zu begreifen. Schließlich fuhr Kerkhove auf der Dresdner Straße Richtung Pillnitz. Ein in Ocker und Weiß gehaltenes Haus markierte genau den Punkt, an dem der Beschreibung Kesslers zufolge das Ziel hätte erreicht sein müssen. Von Ocker und Weiß war allerdings nicht die Rede gewesen. Dass sich bei der Annäherung das Ocker nicht als Alpenocker, auch nicht als k.u.k-Ocker, sondern als Schwedengelb auf einer Holzverkleidung erwies, ließ keinen Zweifel mehr aufkommen: Hier lebte Alexander Kessler. Kerkhove bog langsam nach rechts in einen schmalen Weg ein. Hinter der skandinavischen Impression fiel ein großer Garten mit altem Baumbestand sanft zur Elbe ab. Kerkhove verstand nur zu gut, was sich in all dem hier Vorgefundenen ausdrückte, was Kessler dazu bewogen hatte, das alleinstehende Anwesen linker Hand zu erwerben und es augenscheinlich eigenen Vorstellungen anzuverwandeln. Er gönnte es ihm, er gönnte es ihm.

Kessler war von der offenstehenden Veranda her auf den am Gartenzaun stehenden Kerkhove zugeeilt. Sie begrüßten sich herzlich über den Zaun hinweg. Dann fiel Kesslers Blick auf den schwarzen Sportwagen: „Ich sehe, du bist dir treu geblieben. Erst der Mensch, dann die Maschine. Wie geht er denn?"

„Er hält, was er verspricht, und außerdem regt er zum Nachdenken an – mehr als irgendein Stilmittel."

Kessler grinste.

„Ich merke schon, der gute Tacitus hat dir die alten Bildungspedanten in Erinnerung gerufen – hinter jeder stilistischen Nettigkeit eine tiefe Wahrheit, auf die wir sonst nie gekommen wären. Komm rein, wir haben einiges zu bereden, am besten fangen wir gleich mit den jüngsten Früchten deines Nachdenkens an."

Bevor es dazu kam, führte Kessler Kerkhove mit launigen Worten in seine 'Residenz' ein.

„Wir haben ein paar Wände raus und ein wenig Holz hineingebracht. Draußen, das hast du ja schon gesehen. Die Leute aus dem Erzgebirge haben hervorragend gearbeitet. Übrigens hat mir einer von denen aus ihrem Ort einen Sattler vermittelt. Der hat sich des SM angenommen. Ein Künstler, genau der Richtige für den extravaganten Franzosen! Ich habe diesen Erzgebirglern etwas mehr gegeben, als sie verlangt haben. War das sentimental? Ich glaube nicht. Ich war gerührt davon, wie diese Leute aus sichtlicher Freude daran, dass sie endlich frei zeigen konnten, wozu sie fähig sind, allerbeste Arbeit geleistet haben. Außerdem bin ich mit allen Sinnen darauf gestoßen worden, was lebendige Tradition ist."

Und während Kessler weiter plauderte, zogen sie durch eine Welt aus skandinavischer belle epoque, viel Weiß, immer wieder zarte Pastelltöne, die Glasflächen mit schmalen, messingfarbenen Sprossen gegliedert, die Einrichtung aus Kiefern- und Birkenholz, in der einen Ecke des Salons ein weiß emaillierter Rokoko-Gussofen, bis zur Decke reichend, schräg gegenüber ein Specksteinofen aus Finnland. Nichts wirkte museal, weiß der Teufel, warum nicht.

„Wie hat sie das nur hinbekommen?"

„Frag' sie, ich weiß es nicht."

„Wo ist sie überhaupt?"

„Bei unserem Ältesten in Tromsö."

Dann der Hof des Friedens und der ewigen Unruhe. Tatsächlich, die offene Anatomie der großen Regalwand gegenüber der Türe ließ in der Mitte ein wunderlich schmales Fach erkennen. Davor ein brennendes Teelicht. Alles andere wie gehört, geschildert und vermutet.

In der Küche wusste Kerkhove nicht so recht, wie er sich das denken sollte. Er fragte mal vorsichtig nach:

„Wie ist das hier eigentlich, überwiegt hier die Blumenpflege, oder wird auch ernsthaft gekocht?"

„Schau mich an!"

„Na ja, scheint ja dann doch gelegentlich etwas zum Essen zu geben."

„So, und nun komm, ich muss ihn dir einfach zeigen", und Kessler nötigte Kerkhove zu einer verschlossenen Garage. Während er das Tor entriegelte, bekannte er in halb gebückter Haltung:

„Weiß Gott, der hier hat mich schon manches Mal zum Nachdenken veranlasst. Er ist eine Verrücktheit und punktet regelmäßig gegen meine Vernunft."

„Was setzt bei dir die Vernunft außer Kraft?"

„Schau ihn an, vielleicht weißt du die Antwort."

Ein flach auf dem Boden geduckt kauerndes Coupé aus unverschämten Linien und in Silber ließ die Betrachter verstummen. Durch Handzeichen gab Kessler Kerkhove zu verstehen, er solle ihm beim Herausschieben des Fahrzeugs aus der Garage helfen.

Die Sonne ließ die kobaltblaue Lederinnenausstattung aufleuchten. Die quer über die gesamte Front verlaufende

Lichtvitrine präsentierte sechs Scheinwerfer und stellte Behauptungen auf, die niemand widerlegen konnte. Das Edelstahlregal in Chrom am Heck stellte Fragen, auf die niemand gekommen wäre.

Kessler brach mit gedämpfter Stimme die Andacht: „Wenn alles passt, beschreibst du's entweder unzulänglich oder du verlierst dich in kitschige Funktionsästhetik. Um es passend zu machen, habe ich kürzlich ein Wasserpumpenrad benötigt. Es ist aus Messing. Die Welle für die Ölpumpe macht mir etwas Sorgen, sie scheint mir etwas zu dünn und auch ein wenig kurz zu sein. Und immer alles tun, um die Steuerketten gnädig zu stimmen! Hier kommt erst die Maschine, dann der Mensch. Warum mute ich mir das alles zu?"

„Wenn mal nichts mehr gehen sollte, dann erweitere den Salon so, dass er bei deinem Flügel zur endlichen Ruhe kommt, so schräg gegenüber!"

Sie schoben den SM zurück in seinen Schmuckkasten.

Die Veranda wies nach Süden zur Elbe hin. Hohe Apfelbäume spendeten Schatten, ohne den ein wenig wie einen Ansitz wirkenden Vorbau zu verdunkeln. In zwei Korbsesseln hatten sie es sich leger bequem gemacht. Kerkhove hatte die Arme hinter dem Kopf verschränkt, Ausdruck einer gewissen Gespanntheit darauf, wie Kessler die Regie des Wiedersehens weiter gestalten würde. Auf dem runden Tisch vor ihnen stand eine gefüllte Saftkaraffe.

„Von ihr. Sie liebt es, eigene Mischungen herzustellen. Lass es dir schmecken!"

Einige Momente der Stille.

„Wie geht es Maria?"

Als Kessler den Namen Maria aussprach, wurde seine Stimme weich, ein Hauch von Ergriffenheit lag in ihr. Das hatte nichts mit einer Person zu tun, diese Bewegtheit lag in dem Namen als solchem begründet. Eine ganz ferne Epiphanie schien in Kesslers Stimme widerzuschwingen.

„Maria restauriert einen Seitenaltar in unserer Kirche."

Kerkhove begleitete diese Auskunft mit einem tiefen Blick. Auch seine Stimme hatte unvermittelt einen Unterton. Der allerdings hatte mit seiner Maria zu tun und ließ spüren, dass eine zarte Frau mit äußerster Empfindsamkeit einem angegriffenen Kunstwerk neues Leben zu entlocken sich anschickte. Kerkhove lächelte mit einem weiten Blick. Dann fragte er ohne Ansatz, aber geschmeidig: „Was hat dich auf die Idee gebracht, in der Sentimentalität das Grundübel unserer Zivilisation zu sehen?"

Kessler biss sofort zu, und nach vorn gebeugt presste er mit beschwörendem Ton heraus:

„Im Herbst 1995, vor etwa einem Dreivierteljahr, ist der Krieg auf dem Balkan zu Ende gegangen. Wenn ich in Unterföhring war, musste ich mir sagen: Vielleicht 500 Kilometer entfernt findet eine Katastrophe statt, und wir schustern hier irgendeinen Scheiß zusammen, der nur eines soll: Quote bringen. Abends habe ich die nach Süden brummenden Transall-Maschinen gehört – die Verlegenheitsgeste eines Haufens von feigen Egoisten, die davon träumten, eine Wertegemeinschaft zu sein. Kurz vor dem Ende der brutal organisierten Niedertracht der Höhepunkt der Schlachterei: Srebrenica. Die blauköpfige Wertegemeinschaft steht dabei und schaut blöde zu. Ich kann Herbert so gut verstehen."

Kessler hielt plötzlich inne und schaute in die Ferne.

„Wer ist Herbert?"

„Herbert?"

Kessler sprang auf.

„Warte einen Moment, ich habe das kleine Drama von Max Frisch immer bei mir in meiner Dokumententasche", kam es fast drohend, und schon hastete er los. Kerkhove hatte kaum Gelegenheit, Mutmaßungen über das zu entwickeln, was da jetzt auf ihn zukommen würde, denn schon kam Kessler zurück, ein kleines rotes Buch – Suhrkamp? – heftig mit der Rechten schüttelnd. Im Niedersetzen noch begann er:

„Hier, Seite 132, Herbert, für Exekutionen zuständig, im Frieden der beste Schüler im Fach Kunstgeschichte, trifft seinen Lehrer im Krieg wieder und kündigt ihm an, ihn zu erschießen.

Ihre Hinrichtung ist eine vollkommene. Wir erschießen nicht Sie allein, sondern Ihre Worte, Ihr Denken, alles, was Sie als Geist bezeichnen, Ihre Träume, Ihre Ziele, Ihre Anschauung der Welt, die, wie Sie sehen, eine Lüge war. Wäre es wahr, was Sie uns gelehrt haben, all dieser Humanismus und so weiter, wie könnte es möglich sein, dass ich, Ihr bester Schüler, so vor Ihnen stehe, dass ich Sie, meinen Lehrer, wie ein gefesseltes Tier erschießen lasse? Der Verbrecher, wie Sie mich nennen, er ist dem Geist näher, er fordert ihn durch die Gewalt heraus, er ist ihm näher als der Oberlehrer, der vom Geist redet und lügt. Ich werde töten, bis der Geist aus seinem Dunkel tritt, wenn es ihn gibt, und bis der Geist mich selber bezwingt.

Kaum ist dieser Krieg, was seine medienwirksame Seite angeht, beendet, geht die gepflegte Welt zur Tagesordnung über. Was steht auf dem Programm? Richtig, der Nobelpreis für Literatur ist dran. Ein schönes Ereignis, und dann die erbaulichen Worte an Seamus Heaney: *Ihr Werk hebt die Wunder des Alltags und die lebendige Vergangenheit hervor.* Die Bosnier werden's schon richtig verstehen."

Beide schwiegen, Kessler abspannend, Kerkhove angespannt.

Der Himmel hatte sich, von den beiden unbemerkt, bezogen, in der Ferne war ein Grollen von der Gewitterfront zu hören, der Kerkhove einen Vorsprung abgerungen hatte.

„Ich mag diese Wetterlage in dieser Stadt", raunte Kessler, „deswegen lebe ich hier".

Dann eher tonlos, fast wie abwesend:

„Sie macht mir, der ich die Nacht vom 13. auf den 14. Februar nicht miterlebt habe, das Grauen jener Stunden fühlbar. Ich muss hier leben, denn nirgendwo in Deutschland stellt dieses Grauen unerbittlicher die Frage an mich: Was machst du aus dem Vorteil, mich, das Grauen, nicht unmittelbar erlebt zu haben? Dass ich hier in Dresden lebe, ist der erste Schritt hin zu einer Wendung in meinem Leben, das es bisher zu gut mit mir gemeint hat. Wie kann ich, der ich ein gefragter Drehbuchautor bin, den Pflichten gerecht werden, die mir das Opfer der Kriegstoten in dieser Welt auferlegt und deren Leiden ich hier in Dresden spüre wie sonst nirgendwo?"

„Weißt du eigentlich genau, was Sentimentalität ist?"

„Zugegeben, ich tu' mich schwer. Ich spüre, wenn sie mir begegnet, ich spüre ihre Janushaftigkeit."

„Und du überprüfst dich ständig, ob du nicht auch sentimental bist."

„Ist das so?"

„Ich bin noch nicht zwei Stunden hier, aber ich kann dir sagen: Das ist so."

„Menschen und ihre Ereignisse – in 'Ereignis' steckt das Wort 'eigen' – können mich rühren, durchaus auch zu Tränen. Ich denke an die Bilder von der Rückkehr der letzten Kriegsgefangenen aus Russland. Oder an Genscher, als er auf dem Balkon der Prager Botschaft diesen Satz nicht fertigsprechen konnte, als das Wort 'Ausreise' die Botschaftsflüchtlinge im Jubel übermannte. Wohlgemerkt, Bilder haben diese Rührung bei mir ausgelöst, ich kann nichts darüber sagen, wie ich reagiert hätte, wäre ich unmittelbar im Ereignis gewesen. Sei's drum. Was ist mit deinem NSX?"

„Deine Volten sind nach wie vor beachtlich", antwortete Kerkhove nach einer kurzen Reaktionspause respektvoll gedehnt. Sich einen Moment der Sammlung leistend, fuhr er fort: „Was den NSX betrifft, so sprach ich ja davon, dass er zum Nachdenken anregt. Das passierte auf der Herfahrt, hatte mit dem NSX allerdings nicht eigentlich zu tun, sondern nur mit seiner Klimaanlage, die es in jedem anderen Fahrzeug auch geben kann."

„Klingt prosaisch, lässt aber Interessantes erwarten."

„Mir kommt's schon etwas merkwürdig vor, aber plötzlich ist da eine Idee und lässt mich nicht mehr los."

Ein erster Blitz durchzuckte das fahle Licht, der Donner ließ aber ziemlich auf sich warten und klang dann wie ein ferner Steinschlag.

„Wenn es draußen heiß ist, wenn die Sonne auf die Glasflächen eines aerodynamisch durchgebildeten Sportwagens einwirkt, wenn die Hitze von Aggregaten, die seit Stunden unter Vollast laufen, einfach nicht mehr vor der

Fahrgastzelle haltmachen kann, dann ist nicht vorstellbar, woher denn nun auf natürlichem Wege die nötige Kühle kommen soll. Was bleibt?"

„Die Klimaanlage."

„Und was macht die?"

„Sie kühlt."

„Und wie macht sie das?"

„Ich weiß es nicht genau, aber im Prinzip wird aus Wärme Kälte."

„Und wie lange dauert das?"

„Das geht ziemlich schnell."

„Was hältst du davon, wenn ich sage, dass bei Beschädigung der Druckabfall in der Illusionsblase einer Verliebtheit sehr viel schneller vonstatten geht als in einer Liebe, die Risse bekommen hat?"

Kessler lächelte mit einem Blick milde alarmierter Spannung:

„Ich habe meine Erfahrungen mit dir, ich behaupte jetzt mal lieber nicht, dass du spinnst."

„Danke. Bei plötzlichem Druckabfall in der Verliebtheit kondensiert da irgendetwas sehr schnell, und schon wird's in der Umgebung kühl, oder auch kalt."

„Sag', worauf du hinauswillst!"

„Ich habe mich immer gefragt, was das eigentlich ist, wenn von einem unechten Gefühl die Rede ist. Ist auch ein unechtes Gefühl ein Gefühl, oder liegt vielmehr ein Begriffsmangel vor? Dürfen wir bei Verliebtheit von Gefühlen reden?"

„Du mit deinen unechten Gefühlen, jetzt bist du bei mir angekommen. Lass dich fragen: Kann Sentimentalität echte Gefühle aufbringen? Ist sie gar selber eines?"

„Sie kann es nicht und sie ist auch keines, denn ein echtes Gefühl ist sich nie selbst genug. Es geht immer auf ein Anderes, um dieses, ich sage es mit aller Vorsicht, zu heiligen."

„Die Sentimentalität behält also das, was ihr ein Gefühl ist, für sich, spreizt sich aber auf und betrinkt sich an sich selbst."

„Wobei das, was sie säuft, nur ein Imitat ist."

„Und was ist mit der Kälte?"

„Die Sentimentalität lebt vom Unechten und hat deswegen keine Reserven. Erfüllt ein Imitat die an es geknüpften Wünsche und Hoffnungen nicht mehr, muss schnell ein neues her. Geht das nicht sofort, ist umgehend die Existenzfrage gestellt. Und im Selbsterhaltungstoben der Sentimentalität erlebst du eine der furchtbarsten Metamorphosen: Aus Sentiment wird Kälte und Grausamkeit."

„Sentiment ist gut, aber wie wäre es mit Reflex, ich meine: Die Sentimentalität kennt nicht Gefühle, sondern nur Reflexe. Was heißt eigentlich 'Reflex' genau? Los, du bist der Lateiner!"

„Reflectere: zurückbiegen, umwenden. Das passt schon mit den Reflexen. Wie ich sagte, das Gefühl geht immer auf ein Anderes. Die Sentimentalität kann das nicht ertragen, sie wendet das nach außen strebende Gefühl wieder auf sich um und macht es damit zum Reflex. Sie muss so verfahren, weil sie schwach ist. Sie begreift diese Wendung als völlig natürlich, weil sie nur durch diese Wendung vor sich bestehen kann. Sie ist vom Selbstbetrug beherrscht, ohne es zu wissen. So leistet sie sich denn auch Eitelkeit. Unbedarfte nennen das gern Selbstbewusstsein. Darüber freut sie sich dann."

„Wir haben's also: Unsere Wertegemeinschaft lebt vom Imitat, täuscht sich mit Reflexen über sich selbst hinweg und wird eiskalt gegenüber allem, was dieses Spiel als Spiel erweist.

Man kann nur ahnen, woher das alles rührt."

Ein warmer Windstoß fuhr heftig in die offene Veranda, der Himmel zuckte und ließ sich unerwartet nah donnernd vernehmen. Alsbald fielen die ersten Tropfen.

Drittes Kapitel

Der Himmel hatte seine Schleusen geöffnet. Kerkhove hatte noch über das Bezeichnende des Umstandes gesprochen, dass einer der schärfsten Menschenbeobachter bei den Römern sein Hauptwerk 'Metamorphosen' genannt hat. Und Kessler war aufgefallen, dass Kerkhove bei seinen launigen Menschenzeichnungen vor allem Eigenschaftskombinationen ins Feld geführt hatte. Eigenschaften würden immer nur im Verbund wirksam und könnten sich, bis zur Unkenntlichkeit, verstellen. Das sei häufig erstaunlich, manchmal bewundernswert, nicht selten beunruhigend. Er bediente sich bei seinen Ausführungen einer sprachlichen Gussform, die allein schon Kerkhoves Darlegungen interessant machten, da sich in ihr ein anverwandelter Geist bemerkbar machte. Jetzt, da beide schweigend den Himmelsmächten bei ihrer Offenbarung zuschauten, dachte Kessler sich, Kerkhove könnte nun etwa sagen: Das Gewitter ist mehr Warnung als Mahnung. Auf diese offene *mehr-als*-Passform angesprochen, wies Kerkhove nicht ganz ohne Stolz auf seine Beschäftigung mit dem alten Römer hin.

Da, plötzlich, in einen gewaltigen Donner hinein, klingelte jemand an der Haustür. Einem vorbeifahrenden schwarzen Audi hatte Kessler kurz zuvor nur eine flüchtige Aufmerksamkeit gewidmet. Nun aber sprang er sofort auf, er schien zu wissen, wen das Unwetter da vor die Haustür geschwemmt hatte.

Da stand er, nasses, breit grinsendes Gesicht, unzählige

Wassertropfen im kurz geschnittenen, ferkelblonden Haar, einen Alukoffer in der Hand, ironisch im Teenie-Singsang verkündend, was jeder sah: Halloo, da bin ich."

Kurt Joachim kam aus Bielefeld. Es sei unterwegs verdammt heiß gewesen, und vor allem gebe es doch eine Menge Idioten auf Deutschlands Straßen. Ob ihm, Kerkhove, das nicht auch mal wieder aufgefallen sei. Schließlich sei es von Vogtsburg nach Dresden auch etwas mehr als nur ein Katzensprung. Das sei schon richtig, aber Idioten entdecke der Mensch vor allem immer unter seinesgleichen. Aus Sicht eines 280 km/h-Fahrzeugs gebe es aber nur ganz wenige des eigenen Gleichen. Es anders zu sehen, bedeute, dass alle außer dem 280er Club Idioten seien, aber so schlecht sehe er die Menschheit nun auch wieder nicht. So, nun habe er einfach nebenbei mal überzeugend dargelegt, was es mit Menschenfreundlichkeit zu tun habe, wenn man Richtung 300 km/h unterwegs sei. Zumal niemand härter bremse für Menschen als die Gilde der Überschalljäger.

„Ich hab'schon immer gesagt, dass dir argumentativ keiner das Wasser reichen kann", amüsierte sich Joachim und schenkte sich vom Selbstgemischten ein.

„Hast du wenigstens die Klimaanlage an gehabt?"

„Wes Sinnes ist diese gezielte Nachfrage?"

„Hattest du sie eingeschaltet?"

„Die ist bei mir immer eingeschaltet, automatische Klimaregulierung, mein Freund."

„Automatisch? Dann wirst du's möglicherweise nie begreifen."

„Was denn nur, um des Himmels willen?"

„Zieh'einfach bei den Gedanken mit, die unsere Runde noch beleben wird, schalte deine Automatik vor deiner Rückreise aus und drück' dann irgendwann den Knopf! Und dann mach mal dein inneres Auge auf und kuck nicht immer auf die vielen Idioten aus deinem Club! Es könnte sein, dass ein Bild tausend und mehr Worte ersetzt."

„Ich werde so tun und ehrlich berichten, was war."

„Auf deine ehrliche Haut kann man setzen."

Joachim spürte natürlich, dass da was war, bevor er eintraf. Aber sein Selbstvertrauen war solide gewachsen, und deswegen konnte er auf unangebrachtes Nachfragen verzichten, das nur Kränkung verraten hätte. Außerdem wechselte er souverän das Thema:

„Ich hab' euch auch was Schönes mitgebracht."

Und schon richtete sich das neugierige Interesse der beiden anderen auf Joachims Alukoffer.

„Hier, im Angebot, Archiv der Gegenwart, Politische Studien, Analysen und Berichte zur Weltpolitik, Informationen zur politischen Bildung, liegt alles bei uns im Historikerzimmer aus, können wir alles für die Erziehung der Jugend verwenden. Alles ungebraucht, im absolut neuwertigen Zustand, kein Vorbesitzer, volle Wahrheitsgarantie. Kann keiner sagen: Haben wir nicht gewusst."

Joachim knallte sein Material auf den Tisch. Draußen tobte das Gewitter.

„Jawoll, aus der Geschichte lernen, das haben wir ja alle gründlich erledigt, was haben wir nicht alles gelesen, gehört und verinnerlicht, und jetzt, im Vollgefühl des Geläutertseins, sind wir dran und haben den Nachrückenden beizubringen, was sie und wie sie aus der Geschichte zu lernen haben. Freiheit, Rechtsstaatlichkeit, Demokratie, das haben wir jetzt alles in der Schule durchgenommen, und nun, auf, auf, Brüder, jetzt geht's noch nach Bergen-Belsen, da wird letzte Hand angelegt an die Immunschicht, die das Böse abperlen lässt, alles in Metallic.

So, und jetzt seid ihr fertig, habt euer Abitur, geht ins Leben hinaus, zeigt, dass mit euch kein Nazimummenschanz zu machen ist. Auf euch hat die Welt, in guter Hoffnung mit dem Besseren, gewartet."

„Reicht das schon, um genug kotzen zu können?"

„Bei weitem nicht."

Das Dreifachgelächter enthielt Schwefel. Kessler verteilte vom Selbstgemischten, das entspannte etwas.

Joachim setzte das in einem Zug fast geleerte Glas ab und seufzte feucht auf:

„Wie habt ihr euch das nun gedacht, was soll in Szene gesetzt werden, wie soll es gemacht werden?"

„Ich habe ja nun unseren Tacitus-Freund gebeten, er solle sich des großen Mannes Werkes noch einmal genauer kundig machen."

„Ich tat denn auch wie geheißen."

„Meinerseits bin ich auf eine Idee verfallen, die aber bereits weitgehend wieder verworfen ist. Geblieben aber ist ein Korn, aus dem vielleicht etwas wächst."

Kessler erhob sich, verschwand in seinem Hof des Friedens und kehrte mit zwei DIN-A-4-Blättern zurück.

„Es ist alles andere als originell, andere haben die Anverwandlung der Märchenform längst geboten, aber ich habe mich einfach mal hilfsweise an erfolgreiche Beispiele angelehnt. Hier also ein erster Versuch, der sich aus einem Tacitusdictum entwickelte, das mir Kerkhove, ich neige dankend mein Haupt in deine Richtung, telefonisch übermittelte, als Kostprobe sozusagen.

Nun also der Brief an einen Römer oder auch an die Römer:

Geehrter Römer, geehrte Römer!

Wenn ihr im Himmel seid, habt ihr mit den Mühseligkeiten der babylonischen Sprachverwirrung sicher nichts mehr zu schaffen und könnt die Sprache verstehen, in der ich mich an euch wende. Dass einige Wörter groß geschriebene Anfangsbuchstaben, andere wiederum klein geschriebene haben, soll euch nicht weiter verwundern, es ist einer von den vielen germanischen Sonderwegen.

Ihr, die ihr da in den Himmeln wohnt, kennt ja keine Zeitgrenzen mehr und west in der Ewigkeit des universalen Augenblicks. Deswegen muss ich euch auch sicher nicht erklären, was ein Panzer und eine Rakete ist, was wir unter Kollateralschäden und ethnischen Säuberungen verstehen, zumal ein Blick nach Illyricum zeigt, was so alles möglich ist, wenn die wahrhaft europäischen Staatsmänner den Mantel der 'humanitas' nicht mit anderen teilen. Schaut mal bei euch im Himmel nach, da müsste jemand unter euch sein, Martin heißt der, Heiliger Martin, der kann das schön erklären.

Da ihr aber wahrscheinlich sowieso die Verständigeren seid, wende ich mich nun angesichts dessen, was ich an den irdischen Abläufen einfach nicht verstehen kann, an euch im Himmel. An euch Römern habe ich immer den Sinn für das Praktische bewundert, der stets mit nüchternen Einsichten über das Wesen des Menschen verbunden war.

Was ihr im heutigen Illyricum seht, ist euch sicher in

mancherlei Hinsicht nicht unbekannt. Aber wundert ihr euch nicht doch darüber, dass es das heute immer noch gibt, möglicherweise schlimmer noch, als ihr es zu Wege bringen konntet?

Was ist los mit dem Menschen? Das Jahr, in dem wir uns befinden, bezeichnen wir als das Jahr 1996 nach der Geburt Christi, den ihr ja sicher auch kennt. Immerhin, bei Jahresbezeichnungen, arbeitsfreien Tagen und den Versuchen, junge Menschen religiös zu unterweisen, begegnet uns der Name dieses Mannes immer noch. Und sonst? Hat etwa einer der ganz großen Dichter Germaniens recht?

Mit Wehmut erfüllt mich jedesmal
Dein Anblick, mein armer Vetter,
Der du die Welt erlösen gewollt,
Du Narr, du Menschheitsretter!

Sie haben dir übel mitgespielt,
Die Herren vom Hohen Rate.
Wer hieß dich auch reden so rücksichtslos
Von der Kirche und vom Staate!

Ach, hättest du nur einen anderen Text
Zu deiner Bergpredigt genommen,
Besaßest ja Geist und Talent genug
Und konntest schonen die Frommen!

Geldwechsler, Bankiers hast du sogar
Mit der Peitsche gejagt aus dem Tempel -
Unglücklicher Schwärmer, jetzt hängst du am Kreuz
Als warnendes Exempel.

Dieser Christus wollte den Menschen den Frieden bringen. Jetzt ist in Illyricum ein Friede geschlossen worden. Immerhin hat er erreicht, dass das Fernsehen sich nicht mehr für das alltägliche Unrecht in Illyricum interessiert. Damit ist es für uns Fernsehzuschauer überwunden. Was ist das für ein Frieden?

Gebt ihr Römer mir ein Zeichen des Friedens!"

Kessler schaute erwartungsvoll auf seine Gäste und nutzte den kurzen Moment ihrer Verblüffung:

„Dieser Brief wird jetzt in einer kleinen Kapelle an verborgenem Orte ausgelegt. Der Briefschreiber hofft nicht nur, dass ein römischer Geist vorbeikommt, sondern dass auch der richtige kommt und antwortet."

Sich die Hände reibend und an das Vergnügen hingegeben, welches ihm die Situation bereitet, fuhr er fort:

„Nach genau einer Woche steigt der Briefschreiber wieder hinauf zur abseits gelegenen Kapelle. Er sieht: Sein Brief ist weg. Er sieht auch: Links vom Altar auf dem Boden steht eine Blumenvase. An ihr befestigt ist eine Papierrolle. Der Briefschreiber bückt sich und löst das Papier von der Vase. Es fühlt sich pergamenten an. Er rollt das Stück Papier auf und liest.

„Was die meinen, die den Frieden mit erbaulichen Worten fordern: Menschliche Gesittung heißt bei den Ahnungslosen, was tatsächlich ein Stück Knechtschaft ist.

T

Der Briefschreiber steht wie angewurzelt. Dann rollt er das Papier zusammen, schließt die Kapelle ab und eilt, so schnell er kann, nach Hause. Dort setzt er sich sogleich hin und antwortet:

„Verehrter Römer,

auch ohne das T hätte ich sofort gewusst, von wem die Botschaft ist. So kurz, prägnant und bitter wahrhaftig können nur Sie sich zu einem menschlichen Problem äußern, verehrter Tacitus.

Sie machen mir Mut, den Weg der Wahrheit weiterhin mit Blick auf die kleine Kapelle zu gehen."

„Was kostet das Urheberrecht an dieser Idee?", erkundigte sich Joachim laut auflachend.

„Wie schon gesagt, du siehst in mir nicht den Urheber. Wir sind im übrigen alle Eklektizisten.

Ciceros Erfolg stand diese Tatsache nicht im Weg, und war es nicht die ganz große, nobelpreisgeschmückte Literatureminenz unseres Jahrhunderts, die davon sprach, Literatur sei nichts anderes als eine höhere Form des Abschreibens? So viel Kenntnis ist aus den jesuitischen Schulzeiten schon noch übriggeblieben."

„Wir werden", schaltete sich Kerkhove ein, „beim eklektizistischen Zusammentragen der verschiedenen Holzsorten für unser Feuer Geduld und Sorgfalt benötigen. Das Feuer soll nicht einfach nur brennen, sondern nach Möglichkeit leuchten."

„Gut gesprochen, Lieber, du steuerst direkt auf eines meiner wichtigsten Anliegen zu. Wo nämlich soll die ganze Geschichte aufgeführt werden? Ich hätte da wohl eine Idee."

Das Gewitter draußen hatte seinen Rhythmus gefunden.

Blitz, Donner und Regen hatten sich zu einem Ganzen zusammengefügt. Währenddessen beschäftigten sich die drei Herren, die mittlerweile im Wohnzimmer Platz genommen hatten, hingebungsvoll damit, ihre Beiträge einander vorzustellen, aus denen sie ein Ganzes zu formen gedachten, das es nach ihrem Dafürhalten so noch nicht gegeben haben dürfte. Zunehmend gerieten sie in einen Rausch über die Möglichkeiten, die sich ihnen zu eröffnen schienen. Mit ständig neuen Gedanken, Einsichten und Schlüssen hielten sie sich unter Spannung, bis Kessler die Zeit für gekommen hielt, eine Flasche Sekt beizubringen, die er absichtlich geräuschvoll und entsprechend schäumend entkorkte. Das Vergnügen, des mächtig der Flasche entströmenden Geistes ansichtig zu werden, war ganz auf Seiten der Gäste. Kessler selber war der prächtigen Stimmung seiner Gäste froh und achtete nicht sonderlich der Spur, die der Geist der Flasche an der Zimmerdecke hinterlassen hatte.

Als sich schließlich nach einigen Gläsern Sektes wohltuende Abspannung der drei zu bemächtigen begann, sorgte Joachim alsbald mit einer Frage für eine neue Runde im Spiel der freien Gedanken.

„Sag'mal, Alex, wie bist du eigentlich auf die Dresdener Frauenkirche gekommen?"

Der Schluck Sekt, den Kessler auf diese Frage hin nahm, diente weniger dem Stillen des Durstes, er war vielmehr Ausdruck des sicheren Gespürs dafür, dass die Antwort auf diese Frage einer gebührenden Pause des Kräftesammelns bedürfe und demgemäß zelebriert gehöre.

Viertes Kapitel

Fünfzig Jahre etwa vergehen vom Verschwinden einer menschlichen Siedlung unter einer kurischen Wanderdüne und ihrer unheimlich anmutenden Rückkehr in den Gesichtskreis menschlicher Wahrnehmung. Fast die gleiche Zeit war vergangen, bevor in Alexander Kessler die Streifenfundamente einer Ostpreußenphantasie wieder freigegeben wurden, die sich die Phantasiekräfte des 5-Jährigen geschaffen hatten. Dramatische Illustrationen in einer Zeitschrift, das harte Deutsch einiger Leute im Dorf, die allgemein *die Flüchtlinge* genannt wurden, ihr seltsam klingendes *Kierieeleison* in der Kirche, all das hatte sich in dem Wort *Ostpreußen* gesammelt, für das manchmal auch das dunkel klingende *Masuren* verwendet wurde. Unter diesen bedrohlich klingenden Ton hatte sich ein gefährlich wirkendes Zischen mit einem bösartig nachklingenden, scharfen *i* gemischt: Alles, was mit Ostpreußen zu tun gehabt hatte, hatte auch mit Masuren zu tun, und alles war: *schlimm.*

Nach allem, was Kessler aus seiner Familie wusste, hatte es nie verwandtschaftliche Beziehungen nach Ostpreußen gegeben. Zwar war auch seiner Familie die Erfahrung der Flucht nicht erspart geblieben, doch war jener 16.Mai 1953 in Berlin nicht vergleichbar mit dem unbeschreiblichen Elend derer, die in die ostpreußische Apokalypse geraten waren und versucht hatten, ihr zu entkommen. Dass man eigentlich gar nicht dahin gehöre, wo man jetzt sei, war zwar ständige Rede im Elternhaus, doch wurde auch immer hervorgehoben, wie froh man sei, nicht mehr in der DDR leben zu müssen. Aber der Vater des Freundes aus der Nachbarschaft war aus Ostpreußen vertrieben worden, und Alexander ließ sich gerne von dem bannen, was Michael vom Ostpreußentrauma seines Vaters nach draußen trug. Alexander war erst knapp sechs, aber weil er bei Michaels Erzählungen immer das Gefühl hatte, die Ostpreußengeschichten seien nur knapp an ihm vorbeigegangen, kapselte er alles bei sich ein und hinterlegte es sozusagen.

Er war noch nicht neun, da begannen die regelmäßigen Besuche, die seinem Geburtsort in der DDR der Verwandten wegen abgestattet wurden. Im wahrsten Sinne *unheimlich* dicht lag diese Stadt an der Zonengrenze, und diese Nähe dürfte es gewesen sein, die Alexander Kessler Jahr für Jahr bis zum bitteren Ende der DDR zwang, immer wieder wie gebannt darauf zu schauen, wie knapp es zugehen konnte, wenn die Geschichte nach denen einteilte, die Glück, und nach denen, die Pech hatten. So deutlich zu sehen, wie grausam unanfechtbar die einen auf die Sonnenseite und die anderen auf die Schattenseite gestellt wurden, bewirkte in ihm eine ständige Unruhe. Er war nicht willens, sein Glück einfach als Geschenk zu nehmen, vielmehr war er überzeugt davon, dass die Geschichte nach ihrer eigenen souveränen Gesetzlichkeit einen Ausgleich schaffen würde, der sich wenig um das kümmern würde, was die Menschen für gerecht und was für ungerecht halten.

Ein bedeutender Staatsmann hatte davon gesprochen, dass das Leben die bestrafe, die zu spät kämen, und hatte recht behalten. Dabei hatte man es sich in der provinziellen Hauptstadt am Rhein so nett eingerichtet. Mancher Volksvertreter hatte für sich längst den Charme der Langsamkeit entdeckt, und der biedermeierliche Rückzug aus der großen Verantwortung hatte ein Klima der Moralpusseligkeit geschaffen, welches die Bußfertigkeit gegenüber der deutschen Geschichte zum Grundwert deutsch demokratischen Selbstverständnisses hatte werden lassen.

Plötzlich aber wurden ernsthafte Zukunftsfragen an zwei deutsche Teilstaaten gestellt. Das kalte Licht der Geschichte erhellte schlagartig die Tatsache, dass es sich bei den beiden deutschen Staaten nur um die größten Trümmerstücke in einem riesigen Trümmerfeld handelte. Die Bühnenbeleuchtung der Tagespolitik hatte das über Jahrzehnte im Dunkeln gelassen, die neuen Regisseure der Weltpolitik kümmerte hingegen wenig, was die Intendanten zweier Provinzbühnen als ihr Format festgelegt hatten. Vorbei war es nun damit, dass sich die Trümmer der Dresdener Frauenkirche als pauschales Mahnmal gegen alles dem Sozialismus Feindliche präsentieren mussten, welches zu sein ihnen die Verlogenheit ungebildeter Politchargen aufgetragen hatte. So war es jedenfalls Kessler immer vorgekommen. Jetzt aber erschien ihm in diesem neuen Licht über den Trümmern dieser Kirche die mythische Katastrophe derer, die aus dem Land weit hinter Dresden geflohen waren und in der Stadt der Kunst vergeblich Schutz gesucht hatten. Dieses Bild von Flucht in eine alttestamentarische Vernichtung hinein ließ nicht von ihm ab und machte sich ihm zudem selbst verdächtig, weil er keine Erklärung für die Herkunft dieses Bildes finden konnte, die ihm, vor allem aber anderen hätte vernünftig erscheinen können. Er mochte nur andeutungsweise über diese bildhaften Regungen sprechen, und nachdem er ausnahmslos Befremden ausgelöst hatte, mochte er gar nicht mehr über sie sprechen. Es blieb ein Misstrauen sich selbst gegenüber. Gab es da etwa irgendwo einen tief in seinem Inneren verlaufenden Riss, aus dem gelegentlich Dämpfe aufstiegen, die seine Imagination mit Rührseligkeit betäubten?

Kessler war südlich von Szczytno im kleinen Dorf Zabiele angelangt. Er war ins ehemalige Ostpreußen gereist, um nicht dabei verbleiben zu müssen, die Bildbotschaften aus seinem Inneren einem ständigen akademischen Zweifel zu unterwerfen. Unter seinen Büchern hatte er zur eigenen Überraschung tatsächlich noch das Jugendbuch gefunden, in dem er vor Jahrzehnten die Geschichte von der Flucht einer Bauersfamilie aus Ostpreußen gelesen hatte. Dieses kleine Dorf im südlichen Ostpreußen, damals Leschienen geheißen, von dem aus die Flucht ihren Ausgang nahm, gedachte Kessler aufzusuchen. Er war der Überzeugung, genau da müsse er hin. Warum, diese Frage verbot er sich geradezu, er meinte, mit dem Grübeln über dieser Frage möglicherweise eine notwendige Suche nur unnötig zu stören.

Nun stand er in Zabiele. Straßenkarte und Wegweiser zeigten unmissverständlich: rechts herum. Ein zwingendes Gefühl aber lenkte den Blick geradeaus, dem Kessler schließlich folgte. So ging denn der Weg auch über eine kleine Brücke südlich von Zabiele. Sie war schon überfahren, da gebot die eheliche Begleitung Einhalt: „Halt mal, fahr' mal zurück, du musst auf die Brücke!" Auf der Brücke: „Schau mal, der wunderschöne Blick von dieser kleinen Brücke in die Landschaft!" Stimmt. Es waren nur ganz wenige Meter, die die kleine Brücke höher lag als das gesamte Umland, aber der kleine Unterschied belebte entschieden den Blick. Die Landschaft: weites Grün mit Schwarzbunt darauf, Baumgruppen, kleine Kanäle, Waldstücke, vereinzelt kleine Anwesen. Münsterland. War er, Kessler, Wahlwestfale vogtländischer Herkunft, unterwegs zwischen Nordkap und Palermo, München, Hanoi, Buenos Aires und Vancouver, nach Masuren gekommen um festzustellen, dass der Herrgott im Münsterland und in Masuren das gleiche Schöpfungsmuster verwendet hat? Ein nüchterner Blick hätte Kessler die Antwort eingeben müssen: ja. Wie weit aber reicht ein nüchterner Blick? Wie tief reicht er? Was ist ein Blick, der nicht nüchtern ist, gegenüber einem nüchternen, was kann jener anderes als dieser erfassen? Der nüchterne Blick kann drei Dimensionen aufnehmen und an den Verstand weiterreichen. Der Verstand nimmt das Bild in ein Vexierbad und macht aus ihm ein Foto in naturechter Kolorierung. Mit Datum. Und dann?

Dann kommt vielleicht jemand und möchte das Foto in ein Fotoalbum kleben, weil er es in eine Ordnung bringen will, in die Ordnung einer Familiengeschichte vielleicht, weil ihm die Familiengeschichte etwas *bedeutet*. Oder er bringt es in die Ordnung einer Urlaubsreise, an die er sich gern *erinnert*. Oder jemand photographiert erst gar nicht, sondern schaut, schaut, weil er weiß, dass nur das Geschaute Einblicke in die innere Bedeutung einer Landschaft ermöglicht, Einblick in die Geschichte einer Landschaft, die sie auch hat, weil Menschen in ihr gehandelt haben. Haben sich Menschen, wie hier in Masuren, immer wieder Schlachten geliefert und gegenseitig Unheil über sich gebracht, hat die Landschaft das in sich aufgenommen, in ihr Unterbewusstsein. Unterbewusstsein kann man nicht sehen, trotzdem ist es da, jeder weiß das, und jeder weiß, dass es eigengesetzlich in einem wirkt. Wasser fließen zueinander, und so fließen das Unterbewusstsein des Geschauten und das des Betrachtenden zueinander, ineinander. Das sieht man nicht, aber man spürt es. Masuren sieht hier von der kleinen Brücke bei Zabiele aus wie das Münsterland, es ist aber nicht wie das Münsterland, denn Masuren hat ein ganz anderes Unterbewusstsein als das Münsterland.

So stand Kessler da und schaute nach Masuren hinein.

Eine Stunde später, nach Fahrt über eine bucklige Sandpiste, tauchte halb unter Bäumen ein von Moos und Flechten langsam erblindendes Ortsschild auf: Lesiny W, Lesiny Wilkie also, ehemals Groß Leschienen. Die Nachkriegsordnung hatte dem alten Leschienen keine Ordnung geschenkt, die dem Ort den Fortbestand einer zumindest bescheidenen Blüte hätte sichern können. Die menschliche Gesellschaft zeigte sich in Lesiny W in Gestalt einiger jüngerer und älterer Männer, gebeugt, die jüngeren barhäuptig und kurzhaarig bis zur Fastglatze, die älteren mit abgegriffenen Schiebermützen, die Haut dunkel, matt silbrige Bartstoppeln, die Blicke bei Jung und Alt verloren. Sie hatten sich auf beschädigten Treppenstufen vor einem armseligen Laden niedergelassen, in ihrer Gesellschaft nur noch ein paar leere Flaschen. Es war ein bedeckter Freitagnachmittag im August, 3 Uhr nachmittags.

Es ergab sich, dass Kessler auf der Suche nach einem kleinen Teich, an dem die Hauptfigur jener Ostpreußengeschichte mit einem Karpfen gekämpft hatte, etwas ganz anderes fand, allerdings nicht ohne Hilfe: „Schau mal, was liegt denn da! Halt mal an!" Tatsächlich lag da etwas rechter Hand, ein Gegenstand, den Kessler zwar gesehen, aber für bedeutungslos gehalten hatte, wenn man denn wild entsorgten Müll für bedeutungslos halten mochte. Die Kesslergattin, deren Blick im Unterschied zu dem ihres Mannes das Bedeutsame im Nahfeld zu suchen pflegte, hatte am Waldrand im Moment einer fahl sichtbar werdenden Sonne einen mattgrau in ihrem Licht erhellten, schief stehenden Grabstein ausgemacht. Die dazugehörige dick bemooste Grabeinfassung gab sich als solche erst bei genauerem Hinsehen zu erkennen. Überhaupt gewahrte das überraschte Auge erst jetzt das ganze Ausmaß des Entdeckten: ein alter Friedhof. Diese Entdeckung verlief nicht ganz ohne einen gelinden Schrecken, denn das ferne Raunen der dramatischen Ereignisse in dieser seit langem wieder stillen Landschaft verband sich mit dem leisen Rauschen des Waldes zur Gegenwart des Vergangenen.

Auf diesem Friedhof wurde auch Deutsch gesprochen. Zwar hatten die meisten der vom Moos dick ausgepolsterten Grablegungen kein Gesicht mehr, doch die behelfsmäßige Arbeit mit dem Autoschlüssel förderte Buchstabengruppen zu Tage, die eine Zeit vor dem Winter 1944/45 bezeugten, in der Deutsch nicht nur die Sprache von Grabplatten war. Irgendwer hatte sich rührend des ein oder anderen dieser mühsam um ihre Sichtbarkeit kämpfenden Gräber mit einfachem, künstlichem Blumenornat angenommen. Ein kleines Geviert war mit einem

Lattenzaun jüngeren Datums eingefriedet und wurde von zwei größeren Grabplatten beherrscht: Otto Gonsowski, 1929-1992, polierter Stein, sowie Martin Krecht, UR.4.11.1862, ZM.2.11.1945, *Pokoj Jego Duszy*, matter Kunstmarmor. Schräg rechts vor Otto Gonsowski das Grab von Johan Gonsowski, gestorben 1971, *Pokoj Jego Duszy*. Hinter den Namen, deutsch-polnisch klingend die einen, rein deutsch klingend der andere, rein polnisch der Abschiedsgruß für alle drei, öffnete sich die große Lücke, die ein verblichenes Leben, ein unbekanntes Schicksal hinterlassen hatte. Aber diese Lücke füllte sich für Kessler mit der Ahnung, wofür diese Namen gestanden haben könnten, zu welcher Welt sie einst gehörten, wie Mensch und Welt miteinander verwurzelt waren, wie schließlich auch die Wunden bei denen ausgesehen haben mussten, die dieser Welt gewaltsam entrissen worden waren. Diese Ahnung empfand Kessler als die tiefst mögliche Einfühlung dessen, dem ein gütiges Schicksal das Erleben der Vertreibung, des Verlustes von Menschen und Herkunft unter Kanonendonner und Pogromen nicht eingebrannt hatte. Die von der Natur und kundiger Menschenhand gegliederte und gestaltete masurische Landschaft, die von der Weite des Landes und vom Licht betonte Wölbung des Himmels, die selbst die gerade nur fahl scheinende Sonne ermessen ließ, schaffte für Kesslers Sinne eine Räumlichkeit, die den hier geborenen und lebenden Menschen eine innige Vorstellung von der Landschaft als Heim gegeben haben muss, auch als immer bedrohtes Heim. Dieses nach Osten vorgeschobene Land, mit seiner historischen, massigen Bauarchitektur seit Jahrhunderten die Sinne schärfend für das unterschwellige Grollen in der Stille, sorgsam und sorgenvoll behütet, schwermütig und hellwach während eines masurischen Gewitters oder an langen Winterabenden bedacht, ein Resonanzboden für die tiefen Töne der Seele, als Verlust nicht zu ersetzen und nur im Stande des Krankseins zum Lebensende zu bringen – Kessler ging es durch und durch.

Die Entdeckung dieses Friedhofs am Rande des Vergessens mochte noch so zufällig erschienen sein, sie legte eine Spur, die Kessler zum Friedhof an der Kirche von Lesiny W führte, etwa an das Grab von Lidia Dzwonkolski. Lidia waren die Abschiedsworte auf Deutsch aufs Grab geschrieben. Sie war am 18. Juni 1945 gestorben, vier Monate alt. Niemand ist gegen das leichte Beben gefeit, das Kindergräber auslösen. Bei Kessler kam ein Erstaunen hinzu, das es nur in einer höchstmöglichen Nähe zum Tod gibt und Iwan Iljitsch erfüllte, als er sich als Gestorbener über die Trauernden wunderte, die sein Sterbebett umstanden. Ihn, den Lebenden, erschütterte dieses Erstaunen still, denn das Sterbedatum Lidia Dzwonkolskis, der 18. Juni 1945, war ein Tag, den ihm seine gründliche Beschäftigung mit dem Schicksal der Stadt Dresden eingeprägt hatte. An diesem Tag hatte die Hochschule für Bildende Künste in Berlin ihren Lehrbetrieb wieder aufgenommen und im Rahmen der Eröffnung Bilder gezeigt, die vom Nationalsozialismus als 'entartet' gebrandmarkt worden waren. Unter diesen Bildern hatte sich auch Wilhelm Rudolphs „Dresden Albrechtstraße" befunden, das den Holocaust der Stadt an der Grenze zum Gegenstandslosen in schonungsloser Prägnanz zeigt.

Kessler brauchte auf dem Friedhof dieses abgelegenen

Dorfes im nordöstlichen Polen nur wenige Schritte weiterzugehen, und er stand vor dem Grab Christel Schwiwalskis. Christel Schwiwalskis war 11 Jahre alt geworden. Ihr Grab umrahmten zwei weitere Gräber mit Angehörigen aus ihrer Familie, die nur wenige Monate alt geworden waren.

„Das sind nun doch eigentümliche Namen", hörte Kessler seine Ehefrau sagen. „Jeder Hintermaier, jeder Vorderbrügge, jeder Becker, jeder Schmidt, jeder Braun, jeder Schwarz, sie bedeuten alle etwas, dann bedeutet Schwiwalski auch etwas. Ich habe mich schon bei *Dzwonkolski* gefragt, was mit dem Namen los ist".

Mit veränderter Stimme, an der das Gewicht eines Nachsinnens hing, fuhr sie nach kurzer Pause fort: „Als unser Musiklehrer damals Anton Dworak vorstellte, meinte er, der Name Dworak bedeute *zum Hof gehörig*."

„Fehlt nur noch", setzte Kessler den Gedanken übergangslos fort, „dass *Schwiwalski* irgendetwas mit Schwindsucht zu tun hat."

Zu Kesslers nur noch geringem Erstaunen ergab später nach der Rückkehr der Blick in ein Namenlexikon, dass die Eingangssilbe in Christel Schwiwalskis Nachnamen die Bedeutung *schlafen, matt werden, vergehen, schwinden* enthält. Die Schwiwalskis trugen also ihr frühes Sterben bereits in ihrem Namen.

In der Zwischenzeit hatte es längst in Kessler zu arbeiten begonnen. Lebhaft hatte er sich plötzlich daran erinnern können, wie der Großvater mütterlicherseits, Abkömmling eines uralten westfälischen Geschlechts, mit unverkennbarem Stolz geradezu darauf bestanden hatte, dass die Besiedlung Ostpreußens vom westfälisch-niederdeutschen Raum her stattgefunden habe. Gleichermaßen wunderte es Kessler, dass er bislang etwaig aufgekommene Gedanken über familiengeschichtliche Prägungen stets mit den oberpfälzisch-vogtländischen Raum in Verbindung gebracht hatte, dem der väterliche Zweig entstammte.

Der in Altertumsdingen penetrant kundige Kerkhove hatte ihm gelegentlich einige Äußerungen über den Tantalidenfluch und die düstere Bibelprophezeiung bezüglich der Schuld, die bis ins siebte Glied reicht, hingeworfen. Sollte da vielleicht etwas dran sein, sollte vielleicht nicht nur Fluchwürdiges …? Kessler war sich einfach nicht schlüssig, ob er sich diese Gedanken verbieten sollte.

Noch aber stand er am Grab Christel Schwiwalskis, befand sich aber unter dem Eindruck der synchronen Kraft, die von Lidia Dzwonkolskis Sterbedatum ausgegangen war. Er notierte sich das Sterbedatum Christel Schwiwalskis. Könnte ja sein, dass auch über dieses Datum Bezüge ans Licht kämen, die ihm, wie Kerkhove es einmal ausgedrückt hatte, „die glanzvoll perfektionierte Unvollkommenheit des zeitlichen Nacheinander in die schlichte Gnade einer alles umfassenden Gleichzeitigkeit hinein erlöst." Der ironische Ton Kerkhoves war unüberhörbar gewesen, dennoch schauderte es Kessler auch jetzt noch, wenn er sich dieser Wortkanonade erinnerte.

Nicht zuletzt der Friedhof von Lesiny W war es, der in Kessler das Trümmerbild belebte, das er von Deutschland hatte. Die Nachkriegsaufräumarbeiten hatten zwar im Westen aus allem einen nett anzuschauenden Steingarten gemacht, doch trug der Osten seinen Teil dazu bei, dass zumindest der Hinsehende keiner optischen Täuschung unterlag.

Mit der lebendigen Vorstellung von diesem Bilde kam Kessler nach Ketrzyn, dem, als es noch Rastenburg hieß, die Bürde von Hitlers Wolfsschanze aufgelastet worden war. Die Nähe zur russischen Grenze, so hieß es in einem erklärenden Text, habe eine bedeutende Rolle in den Überlegungen gespielt, die der Entscheidung vorausgegangen waren, Hitlers Hauptquartier in den Wäldern von Rastenburg zu errichten. Das war Kessler zu sehr auf Schulbuchplausibilität getrimmt. Ihm erschien Hitler nicht als strategisch denkender Mensch, sondern gefangen in mythisch überspannten Phantasien, die er einer hysterisch verkürzten Endzeitsicht unterworfen hatte. Kessler schaute vom Gästebunker, den er verbotenerweise und unter warnenden Rufen seiner Frau bestiegen hatte, ins Rund. Eine absonderliche Romantik musste durch das Fugenwerk von Hitlers laienhaft zurechtgemachtem Denkgebäude gedrungen sein und kategorisch nach umgehender Tatumsetzung verlangt haben. Um sich von hier oben aus ein wenig zu orientieren und vor allem auch Hitlers Bunker ausmachen zu können, behalf sich Kessler mittels des Faltblattes *Wolfsschanze, Panorama mit Kommentar,* das er bei sich trug. Längst hatte er gespürt, dass, worauf Kerkhove immer so selbstgewiss bestanden hatte, tatsächlich mehr zu sein schien als die Phantasie eines spekulationsfreudigen Schöngeists. Sein *genius loci,* vorausgesetzt, dass ihm auch als ‚Ungeist' zu wirken gestattet war, erfüllte, hol's doch der Teufel, die Szenerie und ihn, Kessler, weiß Gott, auch. Vor ihm, halb rechts in leicht südöstlicher Richtung, als moosbewachsene Trümmerarchitektur, mit deren oberen Begrenzungen er sich etwa auf ein und derselben Höhe befand, zeichnete sich Hitlers

Bunker ab, in *Panorama und Kommentar* rot markiert. Wegen der noch recht frühen Stunde musste Kessler gegen die Sonne schauen, weshalb er sich die Hand über die Augen hielt. Der Eindruck war gleichwohl deutlich, und er glaubte die Unruhe zu spüren, die von den statischen Mängeln in der biographischen Konstruktion eines Besessenen herrührten. Die Vorliebe dieses ungebildeten Phantasten für suggestionsgeladene Begriffe wie *Alpenfestung* oder *Adlernest* mochte nicht nur das Wort, sondern auch die Sache *Wolfsschanze* hervorgebracht haben. Der Ausblick von hier oben, vom Gästebunker, auf die Wälder um Rastenburg, den Moysee, den Zeisersee, den Quedensee, dieser Ausblick von der Bunkerruine Nr.6 auf die Waldlandschaft bei Kętrzyn, auf den Jezioro Moj, den Jezioro Siercze, den Jezioro Kwiedzina – er hatte etwas Berückendes. Eine aus ihrem Fundament geratene Phantasie, so kam es Kessler vor, ließe sich gerne von dieser Berückung belagern, um so in ihrem irrwitzigem Sehnen einen teuflischen Halt zu finden. Kessler war erschöpft, aber diese Erschöpfung tat ihm gut. Ruhiger geworden stieg er vom Gästebunker herab, hatte aber seiner Frau jetzt einiges mitzuteilen.

Es war nun dies der Moment, in welchem sich über Kesslers weitergehende Gedanken unmerklich die Diktion Kerkhoves zu legen begann: „Du erfährst hier in Rastenburg die Umkehrung des Wagnerisch stilisierten Obersalzbergpathos seherischer Führerschaft: die rituelle Inszenierung des totalen Rückzugs aus der Sichtbarkeit, die urmächtige Einbunkerung hinter bis zu acht Meter dickem Beton, der Anspruch absoluter Kontrolle aus der Dämonie exemplarischen Abgeschiedenseins heraus. Dazu taugte dem Mann das Wort *Wolfsschanze*."

Ehefrau Ricarda schaute ihren Kessler vielsagend an: „Du meinst, hier hat ein Psychopath gebaut."

„Das meine ich auch, aber nicht nur."

„Sprich!"

Kessler wusste, wenn er jetzt sagen würde, was er sagen zu müssen glaubte … Phantasien bemächtigten sich seiner. Ein Zwinger wird geöffnet, ein gefährliches Biest entweicht. Ein Damm bricht, Fluten ergießen sich. Jemand tritt auf eine Miene. Ein trocken gewordener Alkoholiker trinkt einen Schluck Alkohol.

„Ich bin mir selbst unheimlich. Ich kann nämlich Hitler verstehen. Seit Jahrzehnten versuchen wir, uns Hitler zu erklären. Sie sagen, er sei unmenschlich, er sei ein Monster, ein einmaliger Unfall der Natur, ein Einschlag aus dem Weltraum. Sie erklären den Weltraum als nicht zugehörig zu unserer Welt, was vor allem bei denen verwundert, die von Schöpfung reden. Hitler als Geschöpf Gottes? Die Kirchen beantworten diese Frage nur ganz leise mit einem verzagten Ja. Aber den Kirchen ist das Christentum zu radikal, deswegen haben sie nichts geleistet, als es nötig gewesen wäre, Hitler als Verkörperung dessen zu erklären, was an Zerstörerischem in jedem Menschen ist. Also wird Hitler alles Menschlichen entkleidet, um ihn erklären zu können, und diejenigen, die es besser wissen müssten, haben nichts zu sagen."

Schweigend setzten sie ihren Gang an den zerborstenen Bunkern vorbei fort und ließen sich nur hier und da kurz über das vernehmen, was der andere ohnehin sah.

Abends saß Kessler allein am Ufer des Omulewsees, einem der beliebtesten Rückzugsorte für die Nomenklatura des kommunistischen Polen. Fern in südwestlicher Richtung grollte ein Gewitter. Es war das erste Mal in seinem Leben, dass ihn der Wunsch überkommen hatte, Gedanken schriftlich festzuhalten. Eine unvermutet scharfe Frage war ihm hier in der Stille Masurens in den Weg getreten: Wieviel Hitler steckt in einem? In einer bekannten Evangelischen Akademie an einem der schönsten Seen Deutschlands hatte er anlässlich einer Tagung zum Thema *Abendländisches Bekenntnis – Erkenntnisse im Abendprogramm* die Frage riskiert, ob die christlich beanspruchte Geschöpflichkeit des Menschen nicht auch für Adolf Hitler gelten und somit Leitfaden für die Einschätzung seiner Person sein müsse. Zwischen überlegen sich dünkendem Mitleid und offener Feindseligkeit erntete er alle Reaktionen, derer die tagende arrivierte Kirchenprominenz fähig war. Jetzt hatte er auf dem Gästebunker zwischen Moos und Gestrüpp allein, außerhalb eines Faraday'schen Akademiekäfigs, einen Einschlag verspürt, dem er fürs erste hatte standhalten können. Aber er musste doch zu Stift und Papier greifen, um sich seiner selbst ganz sicher zu werden. Er hatte in seinem Auto die verborgenen Winkel nach Papier abgesucht und war unter zahlreichen Tankbelegen im Ablagefach der Fahrertür fündig geworden: ein Block, den er von seiner Fahrzeugversicherung erhalten hatte und dessen Blätter von Wasser, das immer wieder durch die nur nachlässig geschlossene Scheibe eingedrungen war, wellig geworden waren und sich verfärbt hatten. Er schrieb:

Die Magie Ostpreußens und Masurens verlangt immer wieder einen klaren Kopf, auch bei der Beurteilung des Nebeneinanders von Burgenbau des deutschen Ritterordens und Bunkerbau großdeutscher Hitlerordnung. Der rote Backstein bezeugt nun einmal auch das viele Blut, das im Laufe der Jahrhunderte in Ostpreußen, einer der Reibzonen zwischen der östlichen und der westlichen Welt, geflossen ist. Die Menschen blieben trotzdem, so, wie sie den Grenzbereich zwischen tektonischen Platten in Kalifornien nicht meiden oder immer wieder an den Fuß des Ätna zurückkehren, der beim letzten Ausbruch alles vernichtet hat. Natürliche Gegebenheiten und gewachsene menschliche Verhältnisse haben gemein, dass im Falle engen Beieinanders großer Vielfalt und der damit verbundenen hohen Grundspannung der Lebensrhythmus unruhig ist. Die Gefahren, die diese Unruhe auslösen, werden aber verstanden als die Kehrseite besonderen Ertrags. Daraus ergibt sich eine Bereitschaft zum Risiko, die den Schrecken fließenden Blutes kennt, sich aber nicht abschrecken lässt.

Dem gegenüber das Grau der Wolfsschanzenbunker. Bei allem Blut, das der Geist dieser Kolosse hat fließen lassen, ist die zugrunde liegende Idee doch blutfern, das ihr entwucherte Denken blutleer. Die grauen Bunker drängten sich wie unwillkommene Gäste in die rote Backsteinwelt und stifteten doch nur ihren eigenen Untergang. Entsprechend ihrem Charakter nahmen die grauen Bunker bis in den Tod hinein keine Rücksicht auf die rote Backsteinwelt und beschädigten diese schwer. Der beschädigten Zeugen einer langen Geschichte aber nahmen sich die Menschen an, die zerstörten Bunker überließ man der Natur. Als Grabmal reichte es bei ihnen zum grotesk monströsen Kenotaph, als Mahnmal zum ständigen Memento des

Gefährdetseins durch sich selbst, als Denkmal zum Stein des Anstoßes. Hatte Rastenburg mit dem Wolfsschanzen-trümmerfeld einen Vorteil gegenüber Dachau? Dachau hat seinen Namen behalten und trägt an ihm. Rastenburg heißt heute Ketrzyn. Was hat Ketrzyn zu tragen? Nur seinen Namen?

Im Osten der Stadt Ketrzyn gabelt sich die Hauptstraße dieser Stadt in die 591 und die 592. Die 592 führt Richtung Wolfsschanze. Nicht weit hinter dieser Gabelung liegt an der 592 rechter Hand noch im Stadtgebiet ein Friedhof. Die bunt geschmückten Gräber vereinigen sich hier zu einem himmelwärts flutenden Skulpturenensemble, besonders gut zu sehen, wenn man auf dem Weg nach Osten vorbeikommt, Richtung Wolfsschanze.

Kessler ging seine Blätter noch einmal durch. Er notierte auf ihnen: Unbedingt zum Todestag von Christel Schwiwalski noch nachforschen!!!

Das Gewitter war näher gekommen, doch dann nach Osten abgezogen. Der dunkle Omulewsee blieb glatt wie ein Spiegel.

Zu Hause in Dresden hatte Kessler etwas Mühe, an seine Jahreschroniken zu gelangen. Sie hatten erst vor kurzem ihr neues Domizil im Stadtteil Hosterwitz bezogen. Zwar hatte die rastlose Umtriebigkeit Ricardas dafür gesorgt, dass bereits nach drei Wochen die komplette Wohnlichkeit hergestellt war, doch Kesslers historisches Material lagerte noch kartonweise abgepackt im Keller. Er hatte sich vorgenommen, nur das nach oben zu tragen, was er aus irgendeinem Grunde brauchen würde. Was er nach oben würde tragen müssen, fand er denn auch nach geraumer Zeit. Was er aber schließlich unter dem 19. September 1946, dem Todestag Christel Schwiwalskis fand, ließ ihn Zeit und Mühe vergessen. Er las:

„In ausgedehnten Gebieten Europas starrt eine Menge gequälter, hungriger, sorgenerfüllter und verwirrter Menschen die Ruinen ihrer Städte und Heimstätten an und sucht den dunklen Horizont nach den Zeichen irgendeiner neuen kommenden Gefahr, einer Tyrannei oder eines neuen Terrors ab. Unter den Siegern herrscht eine babylonische Verwirrung misstönender Stimmen, unter den Besiegten aber das trotzige Schweigen der Verzweiflung. Das Mittel zur Freiheit und des Glücks aber ist die Erneuerung der europäischen Familie. Wir müssen eine Art Vereinigter Staaten von Europa errichten."

Ferner hieß es: „Wir alle wissen, dass beide Weltkriege dem eitlen Wahn des neu geeinten Deutschland entsprungen sind, eine beherrschende Rolle in der Welt zu spielen. In diesem letzten Kampf sind Verbrechen und Massaker begangen worden, für die es seit dem Tartareneinbruch im 14. Jahrhundert in der Geschichte der Menschheit kein Beispiel gibt. Die hierfür Schuldigen müssen bestraft werden. Deutschland muss der Möglichkeit entkleidet werden, wieder aufzurüsten und einen neuen Aggressionskrieg auszulösen. Aber wenn all dies geschehen ist, wie es geschehen wird und geschieht, dann muss der Vergeltung ein Ende gesetzt werden. Wir alle müssen den Schrecken der Vergangenheit den Rücken kehren und uns der Zukunft zuwenden. Wir können es uns einfach nicht leisten, durch all die kommenden Jahre den Hass und die Rache mit uns fortzuschleppen, die den Ungerechtigkeiten der

Vergangenheit entsprossen sind. Sollte das die einzige Lehre der Geschichte sein, die die Menschheit zu erlernen unfähig ist?"

Kessler hielt den Auszug aus einer Rede in der Hand, die Winston Churchill, ein abgehärteter Politiker, an dem Tag, an dem sich der elfjährige Mund Christel Schwiwalskis für immer schloss, an die akademische Jugend der Welt in der Universität Zürich hielt.

Kessler fand, dass es sich für den Engländer Churchill besser gemacht hätte, diese Rede nicht auf so sehr neutralem Boden, sondern etwa von den Trümmern der Dresdener Frauenkirche herunter zu halten.

Fünftes Kapitel

„Jetzt sieh sich einer ihn hier an", wies Kurt Joachim auf Kerkhove.

„Grinst er oder lächelt er gar?"

Kerkhove hatte, die Arme auf der Rückenlehne des Sofas ausgebreitet, gelöst dagesessen, während Kessler Einblicke in die Beweggründe gegeben hatte, die ihm die Dresdener Frauenkirche so wichtig hatten werden lassen. Kessler hatte Kerkhove gegenüber schon bei Gelegenheit durchblicken lassen, was ihn beschäftigte, und so konnte er, Kerkhove, unter den Schilderungen Kesslers, für die dieser nun zwingend Kurt Joachim beanspruchte, auch eigenen Gedanken nachhängen, die ihm auf etwas wunderliche Weise Maria vor sein inneres Auge führten. Wieder durchströmte ihn diese besondere, zärtliche Gestimmtheit, Bilder des Beginns mit Maria traten von innen an ihn heran.

Kerkhove befand sich im Kloster Ste.Odile. In der Abgeschiedenheit der Vogesen hatten sich Mediziner zu einem Seminar über ein neu zu findendes Menschenbild in der Medizin zusammengefunden. Der Veranstalter hatte eine glückliche Hand bei der Wahl dieses Klosters für die Durchführung der Tagung bewiesen, trug es doch den Namen eines der wirkungsreichsten Äbte von Cluny. Kerkhove hatte, bevor er sich auf den Weg nach Ste.Odile gemacht hatte, noch einmal nachgelesen: „Fast alle frühen Äbte Clunys haben sich mit der Pflege von Musik und Chorgesang, der Einrichtung von Bibliotheken und einem umfassenden Bauprogramm als Sachwalter ihres geistlichen Amtes verstanden. Jede cluniazensisch reformierte Abtei stellte einen Hort des Friedens und der inneren Sauberkeit dar, und es bleibt das historische Verdienst der Äbte von Cluny, dem Abendland ein neues Wertbewusstsein geschenkt zu haben, – eine Aufgabe, die angesichts der Korruption und Verrohung der Zeit ungeheuer anmutet."

Ein holländischer Kollege hatte einen wesentlichen Anteil daran, dass sich unter den Gästen in Ste. Odile die Atmosphäre einer Aufbruchsfreude herausbildete, die manchen an die euphorische Stimmung erinnerte, wie sie bei den Jugendtreffen in Taizé entstehen konnte. Vermeulen hatte ausgeführt, dass die fundamentalen Axiome, auf die sich die Wissenschaft des 19. Jahrhunderts festgelegt hatte, ausgedient hätten und nur noch Gültigkeit auf bestimmten Gebieten der Wirklichkeit beanspruchen und somit nur noch als einseitig gewertet werden könnten. „Stellen Sie sich vor", hob er leidenschaftlich seine Stimme, „Sie haben ein Haus gebaut, und die Vertreter der Bauabnahme schreiben ihnen schließlich vor, Sie dürften nur in einem einzigen Raum dieses Hauses leben. Alle anderen Räume werden gewissermaßen versperrt, und an die Türen werden Schildchen geheftet mit ,unwissenschaftlich', ,irreal', ,nicht existent', ,krank', ,Phantasie', ,Suggestion' usw. So betäubt die heutige Wissenschaft unser Bewusstsein, statt es zu erhellen, verdeckt unsere Identität, statt uns zu helfen, sie zu finden."

Schließlich verglich Vermeulen die Situation der nach einem neuen Menschenbild Suchenden mit einem der

Probleme des Sokrates, der die Frage aufwirft: „Kann Tugend gelehrt werden?"

Nehme man sich die Freiheit, Sokrates zu paraphrasieren, könne man sich Sokrates mit folgenden Worten vorstellen: „Wenn ich nicht weiß, was Tugend ist, ich sie mir aber trotzdem zu eigen machen will, wie kann ich sie dann erkennen und also wissen, dass ich sie gefunden habe in dem Moment, in dem ich sie finde?"

Vermeulen ermunterte seine Kollegen denn auch, davon auszugehen, dass der Begriff von etwas und das Erkennen, was es ist, wachse, während man suche. Letztlich komme man nämlich an einen Punkt der Untrüglichkeit, und man begreife das, was man gefunden habe, als das, was man gesucht habe. Im übrigen solle man sich nicht weismachen lassen, an der Wirklichkeit verändere sich nichts durch die Tatsache, dass man sie kennengelernt hat. „Soll denn Kant", so schloss Vermeulen emphatisch, „all sein Denken aufgewendet haben, damit wir gerade dieses Ergebnis seines Denkens missachten?"

Die Fülle des Gehörten trieb Kerkhove in einer längeren Pause nach draußen. Er müsse doch noch einmal hinter allem herdenken, sagte er sich, nach-denken eben. Untergründig bestimmte ihn etwas, sich nicht in der unmittelbaren Umgebung Ste.Odiles dem Widerhall des Gedankenkonzerts in Ste.Odile zu überlassen. Es sei ein Vorrecht der Jugend, sich die erbauliche Faszination eines Aufbruchsgedankens durch den Genius des Ortes, an dem er entstanden ist, stützen zu lassen, sagte er sich, der Erwachsene hingegen sei verpflichtet, sich der eigenen

Resonanzmöglichkeiten zu versichern – womöglich mit einem ernüchternden Ergebnis.

Also fuhr er los, immer solchen Straßen nach, die ihm einen kurvigen Verlauf zu verheißen schienen. Er setzte darauf, dass sich plötzlich irgendwo ein weiter Ausblick in die Rheinebene bieten werde, der ihm so recht die Erprobung des eigenen Schwingungsvermögens ermöglichen werde. Dass er da auf dem besten Wege war, seinen Vorsatz zu unterlaufen, wurde ihm erst viel später klar.

Hinter einer Kurve führte die Straße umgehend in einen kleinen Ort, dessen Vorhandensein durch einen hoch aufragenden, schlanken Kirchturm seltsam zwingend an Vorbedeutung denken ließ. Das Bild der Kirchtürme, auf die in seiner Heimat am Haarstrang eine der historisch bedeutungsvollsten Straßen in Deutschland über mehrere Kilometer von Ort zu Ort schnurgerade zulief, hatte sich fest in ihm eingeprägt. Schon als Kind hatte er in seiner lebhaften Vorstellungswelt in diesen Kirchtürmen Wegweiser gesehen, allerdings in einem eher technischen Sinne. Diese Vorstellung aber hatte alle Stürme der Entwicklung in Kerkhove unbeschadet überstanden, ja, hatte sich still zu einem der tiefsten Sinnbilder seiner Existenz ausgebildet.

So saß er denn schließlich in einer der hintersten Bänke der Kirche, die ihn beim Eintreten damit überrascht hatte, dass ihm aus dem Inneren sphärische Musik entgegenfloss, die anscheinend verschiedenen verborgen angebrachten Lautsprechern entstammte. Die ersten Takte entlockten ihm ein ,Tangerine Dream'. Alsdann aber breitete sich ein Stimmensegel gregorianisch anmutenden Gesangs über der milde rhythmisierten E-Polyphonie aus. ,When a man loves a woman', stäubten die mönchisch intonierenden Sänger über den Besucher aus. Später drang dann noch ‚Losing my religion' zu ihm vor, aber da wanderte sein Blick bereits durch das Kirchenschiff und schuf ihm Raum für die Nachbetrachtungen, deretwegen er sich auf den Weg gemacht hatte.

In diese Nachbetrachtungen trat nach nicht genau bestimmbarer Zeit eine junge Frau, die sich schließlich, verdeckt von einer Säule, an irgendwas zu schaffen machte. Unter den Einwirkungen der Arbeitsgeräusche, die die junge Frau verursachte, verflüchtigten sich allmählich Kerkhoves Betrachtungen und ließen an ihre Stelle eine Neugierde treten, von der er zu sagen pflegte, dass sie nur unverheiratete Männer haben könnten.

Kerkhove verließ seine Bank und ging langsam auf die Säule zu, hinter der die junge Frau offensichtlich damit beschäftigt war, größere Umstellungen vorzunehmen. Notenpulte, Lautsprecher, Scheinwerfer und das Arbeitsgerüst vor dem Bild eines Heiligen mussten hier eine neue Verträglichkeit miteinander finden.

Womit sie sich denn da beschäftige, wandte sich Kerkhove an sie.

Mit einer gewissen Scheu, aber freundlich erklärte die junge Frau in elsässischem Deutsch, sie helfe dabei, die Vorbereitungen für einen Jugendgottesdienst zu treffen. Dabei schickte sie einen Blick, der für einen Moment Sorge und Zweifel erkennen ließ, auf das Bild des Heiligen. Kerkhove entging das nicht, und so fragte er, ob der Heilige etwa irgendwelche Schwierigkeiten bereite. Sie lächelte ein wenig amüsiert, und nicht ohne einen leisen Anflug von koketter Ironie erklärte sie, dass der

Herr dort mit dem Pferd, das man derzeit kaum erkennen könne, gerade restauriert werde, weil er gewissermaßen auf dem falschen Pferd gesessen habe. Die Jugendlichen wollten ihn aber trotz seiner Pferdelosigkeit unbedingt in den Mittelpunkt ihres Gottesdienstes stellen, was auch wegen des etwas abseitigen Platzes, den man dem Bild zugewiesen hatte, nicht ganz einfach zu machen sei.

Was es denn mit dem Pferd auf sich habe, verwunderte sich Kerkhove.

Ja, das sei der Hl.Martin, und der müsse auf einem weißen Pferd sitzen. Das weiße Pferd aber habe im Laufe der Jahre die Kraft seiner Farbe verloren, und ehe man wegen der Unansehnlichkeit des Pferdes keine rechte Freude mehr an dem Bild habe und vielleicht dann auch mal ein Spötter käme, der dann sagt, man könne gar nicht mehr recht erkennen, ob es sich um den Hl.Martin oder den Hl.Georg handle, der ja immer auf einem dunklen Pferd sitze, habe man sich entschlossen, das Bild insgesamt zu restaurieren und dem Hl.Martin das alte Pferd wegzunehmen und ihm ein ganz neues zu malen.

Das sei ja vielleicht was, erheiterte sich Kerkhove.

Ob er vielleicht noch mehr über das Bild und die Kirche überhaupt erfahren wolle, fragte die junge Frau Kerkhove, und ohne eine Antwort abzuwarten, rief sie leise in Richtung einer leicht angelehnten Tür rechts vor dem Altar: „Maria, kommst du bitte mal!"

Zurück in Ste.Odile nahm Kerkhove den lebhaftesten Anteil am Austausch der Gedanken über den abschließenden Programmpunkt der Tagung zum neuen Menschenbild. Ein norwegischer Kollege mit dem unskandinavisch wirkenden Namen Gaup hatte einen mitreißenden Vortrag über die Gedanken zur Reinkarnation bei Kierkegaard und Ibsen gehalten. Das rührte in Kerkhove manches von dem auf, was sein jesuitischer Griechischlehrer bei der Durchnahme des Phaidon seinen Schülern dargelegt hatte. Und in allem erschien, es war eher ein Aufleuchten, immer wieder das Bild von Maria, das sich wie selbstverständlich mit den Ideen zur vorgeburtlichen und nachgeburtlichen Existenz des Menschen verband. Kerkhove war sich dessen unmittelbar bewusst, dennoch begann er nach Abschluss der Tagung während eines Spaziergangs in der Umgebung von Ste.Odile darüber nachzusinnen, was sich ihm da möglicherweise aus Ste.Odile und Maria in seinem Leben zusammenfügte. Manch Kluges dachte er sich da, und auch Marias Hinweis, der Hl.Martin sei der Lieblingsheilige des Cluny-Abtes Odilo gewesen, veranlasste ihn, über Fügungen in einem Leben neu nachzudenken. Nicht den letzten Anstoß erhielten Wochen später diese Gedanken, als sich an Marias Kleidung eine vorher von Kerkhove nicht beachtete Kleinigkeit wie ein im wahrsten Sinne bezeichnendes Merkmal zu erkennen gab. Immer wenn er sie aufsuchte, trug Maria zu einem engen dunklen Rock eine helle Bluse, deren Kragen aufgestellt und so weit geöffnet war, dass ihr schlanker Hals die Komposition der Zartheit Marias vollendet betonen konnte. Dabei war es dieser aufgestellte Kragen, der einen nicht geringen Anteil des Reizes ausmachte, der von Maria ausging, und Kerkhove wurde plötzlich bewusst, dass Maria auch bei ihrer Arbeitskleidung stets dafür sorgte, einen Kragen hochstellen zu können. Im Augenblick, da er sich dessen bewusst wurde, trat ein weiteres Bild zu ihm. Er sah Mönche, die vor Antritt des Weges zur Vesper ihren Kopf mit einer Kapuze bedeckten. Wie es hieß, taten sie dies, um der inneren Sammlung vor dem gemeinsamen Gebet sozusagen ein schützendes Dach zu geben. Dieses Bild von den Kapuzen und Marias hochgestellten Kragen floss Kerkhove ineinander und legten ihm Maria einen hauchdünnen Zauber auf. Er erlaubte sich für einen Moment eine gewisse Verwunderung über die Schutzbedürftigkeit der mönchischen Sammlung, verlor aber keinen weiteren Gedanken daran, zumal er alles ohnehin nur im Fernsehen gesehen hatte. Umso gegenwärtiger war ihm Maria, deren braune Augen unter fast schwarzen Brauen aus einem madonnenhaft wirkenden Gesicht herausleuchteten und mit den streng zusammengebundenen Haaren auf schwer ergründbare Art ins Erotische hineinirisieren konnten.

All diese Eindrücke prägten sich bei Kerkhove aber erst heraus, lang nachdem er sich von Ste.Odile auf den Heimweg gemacht hatte, nicht ohne Gaup noch nach seinem sonderbaren Namen gefragt zu haben. Er sei samischer Abkunft, erklärte dieser, und ohne die Beschäftigung mit den Mythen seiner Vorfahren hätte er hier in Ste.Odile seinen Vortrag nicht halten können.

Den Heimweg wählte Kerkhove so, dass er noch einmal in den Ort kam, in dessen Kirche er Maria kennengelernt hatte. Er wusste, Maria würde nicht da sein, trotzdem zog es ihn hin, irgendetwas Magisches glaubte er zu verspüren.

Unterwegs hörte er im Autoradio die Meldung, dass in Den Haag der internationale Strafgerichtshof zur Ahndung von Kriegsverbrechen im ehemaligen Jugoslawien „ins Leben gerufen" worden sei. Mein Gott, sagte er bitterböse zu sich, das Gesetz des Lebens, ja, ja, da zeigt es sich wieder einmal, das Leben ist ein Werden und Vergehen, und wo der Tod geerntet hat, sicher hier und da wahrlich reichlich, da keimt auch wieder neues Leben, neue Hoffnung, neuer Sinn. Nun denn, so wollen wir es denn bejahen, dieses heilige Gesetz, es ist unser aller unergründliches Schicksal, und so wollen wir es denn in der unerschütterlichen Festigkeit unseres Glaubens annehmen.

Während Kerkhove noch seinen grimmig genussvollen Gedanken über Werden und Vergehen unter UNO-Aufsicht nachhing, war er bei St.Martin angelangt. Die Ausstrahlung des Kirchengebäudes traf seinen inzwischen durchgereiften Sarkasmus und lenkten diesen in alttestamentarische Weiten. Ihm kam nun zustatten, was man etwa Ayrton Senna, ja sogar dem ein oder anderen Fußballer nachsagte: Kerkhove hatte immer die Bibel dabei. Mit entschlossenem Griff öffnete er seinen Koffer, holte das Buch der Bücher hervor, setzte sich auf eine Bank an der Kirchmauer, wusste genau, wo er zu suchen hatte, und las beim Propheten Isaias über die Rache des Herrn an Babylon:

„Jetzt kommt der Tag des Herrn, so fürchterlich mit Grimm und Zornesglut. In Öde wandelt er die Erde, und ihre Sünder tilgt er draus. Und wer sich finden lässt, der wird durchbohrt; wer aufgegriffen wird, der fällt durch's Schwert. Vor ihren Augen werden Säuglinge zerschmettert, geplündert ihre Häuser, geschändet ihre Weiber."

Na bitte, was dem Herrn in Babylon recht war, soll nicht

jeder Soldateska billig sein? Aber das war doch der Herr des Alten Testaments! Und was war, als der des Neuen kam? Bereits nach 33 Jahren Tod am Kreuz und drunter wurde um sein Gewand gewürfelt! Nach dreißig weiteren Jahren lebende Fackeln, die Nero beim Abendessen leuchteten! Darauf immer wieder Verfolgung! Verfolgung auch nach Konstantin, diesmal umgekehrt, jetzt waren die anderen dran! Wieder brennende Menschen, die Inquisition hatte die Wahrheit herausgefunden. Schließlich die südlichen Amerikaner, ihnen wurde mit der Brandfackel der rechte Weg gewiesen! Dann auch noch die gesegneten Kanonen und Maschinengewehre, sie schossen die Bresche für mehr Zivilisation! Endlich denn eine Ruhepause der Erschöpfung, der Besinnung, hilfreich dabei: nicht mehr so genau hinsehen, das enthebt des Zwanges, die Instrumente zeigen zu müssen, lieber Worte drechseln als Kanonen gießen. Die Ankunft des erlösenden Herrn? Vielleicht, Hauptsache bei uns, Jugoslawien muss noch warten, da ist halt noch Altes Testament.

Kerkhove ließ das Buch der Bücher sinken. Er zitterte ein wenig und ließ seinen Blick schweifen, um seinen wunden Gedanken ein wenig Linderung zu verschaffen. Der Brunnen schräg gegenüber der Kirche St.Martin, der in Kerkhove bei dessen Ankunft für die Wahrnehmung einer gewissen Ensembleidyllik gesorgt hatte, hatte sich tückisch gegen die spätnachmittägliche Sonne zu einer Totemgruppe gewandelt. Der gallische Hahn auf der Spitze der Brunnensäule belebte die in Kerkhove ruhenden Märchenbilder: *Hans mein Igel* reitet auf seinem Hahn. *Hans mein Igel*, halb Mensch, halb Tier, wächst hinter einem Ofen heran, nimmt seine Außenseiterrolle klaglos an, zieht sich schließlich freiwillig in die Einsamkeit des Waldes zurück, lebt auf einem Baum, ist erfolgreicher Viehzüchter und spielt virtuos den Dudelsack. Ein König verirrt sich in diesen Wald und weiß, dass er ohne fremde Hilfe nicht mehr hinausgelangt. Er lässt Hans nach dem rechten Weg fragen. Dieser will nur direkt mit dem König sprechen. Zwei völlig unterschiedliche Welten treffen aufeinander, die etablierte Macht und das komische Neue, das komische Gefühle auslöst, Gefühle des Unwohlseins. Hans sieht in der Begegnung die Möglichkeit zu einem Geschäft. Der König geht auf das Geschäft ein: Hans gibt sicheres Geleit, der König gibt dafür seine Tochter. Jeder von beiden denkt an den größtmöglichen Gewinn aus dieser Situation, sie schaffen dadurch die Voraussetzungen für Gewalt, schuldig sind sie bis zu diesem Zeitpunkt aber nicht. Hans will, obwohl des Schreibens und Lesens unkundig, den Vertrag in schriftlicher Ausfertigung. Der König weiß um diese Schwäche bei Hans, glaubt sich ihm deswegen irrtümlich grundsätzlich überlegen und verfälscht den Vertragstext zu Ungunsten von Hans. Der Vertreter der etablierten Macht, der hochstehenden Zivilisation, begeht den Vertrauensbruch, der alle folgenden Gewaltakte nach sich zieht.

Hans fordert die Königstochter ein, die, wie er meint, ihm vertraglich zugesichert ist. Die Truppen, die das Königshaus schützen sollen, versuchen, ihn gewaltsam am Zutritt zum Königspalast zu hindern. Mit seinem Hahn, einem nie gesehenen, geflügelten Reittier, gelingt es Hans mühelos, die Mauern, die um das Zentrum der Macht gezogen sind, zu überwinden, und er kann den König persönlich zur Herausgabe der Königstochter zwingen.

Der König ist nicht von menschlichem Adel, sondern ein mit der höchsten Macht ausgestatteter Herrscher, der formal im Recht ist, nicht aber moralisch. Er gibt um des Selbsterhaltes willen seine Tochter heraus, die ihrerseits zugibt, Hans nur deswegen zu folgen, weil es nicht mehr anders geht. Der König stattet seine Tochter mit allem aus, wovon er meint, dass es eine Königstochter anziehend macht. In das weiße Kleid der Unschuld gekleidet, setzt diese sich schließlich zu Hans, der seinen Hahn und seinen Dudelsack dabeihat, in die Kutsche, die der König zur Verfügung gestellt hat.

Es geht Hans nicht um den Königsthron, sondern um die Rache dafür, dass man mit den Tricks einer hochentwickelten Zivilisation versucht hat, ihn, einen zivilisatorisch Ungebildeten, zu betrügen. Und Hans zögert auch nicht lange. Er greift nach der Königstochter und vergewaltigt sie, *er sticht sie mit seiner Igelhaut, bis sie ganz blutig war.* Hans hat, was ihm eigentlich zum Schutz dient, seine Igelhaut, unter den ihm vom König aufgedrängten Verhältnissen zur Angriffswaffe gewandelt. Nach der Vergewaltigung schickt Hans die Königstochter mit all ihrem Gut nach Hause zurück und gibt ihr die Worte mit: „Das ist für den Verrat an mir…"

Der plötzliche Druckabfall in seinen Vorstellungen vom Menschen hatte in Kerkhove einen Orkan ausgelöst. Zurückgelehnt, beide Arme auf der Rückenlehne der Bank ausgebreitet, seltsam steif der ganze Körper, der Blick ins Unbestimmte gehend, verharrte er sitzend, die Kirche hinter sich, den Brunnen mit dem gallischen Hahn vor sich. Nur ganz allmählich legte sich schließlich der Aufruhr, ließen die Böen nach, kamen seltener, entfernte sich das Windfeld.

„Kerkhove, ist er denn anwesend, auch mit seinem geschätzten Geist? So, wie er dasitzt, hat er was Geflügeltes an sich, wohin des Weges?", drang Joachims Stimme an Kerkhoves Ohr.

Dieser musste sich für einen Moment besinnen.

„Frage er lieber, woher des Weges", knurrte er und veränderte seine Sitzhaltung, indem er die Arme von der Rückenlehne des Sofas nahm, sich ein wenig nach vorn beugte und die Hände über den geschlossenen Oberschenkeln faltete.

„Jetzt ist er vom Kreuz herabgestiegen, das Leiden ist beendet, er ist wieder unter uns Sterblichen", stichelte Joachim.

„Ich glaubte mir für einen Moment eine Auszeit nehmen zu dürfen", wandte sich Kerkhove mit gespieltem Pathos und aus seiner Sitzhaltung nur angedeuteter Verbeugung, begleitet von einer priesterlich anmutenden Handbewegung, an Kessler.

„Ja sicher doch, mein Guter, zumal gewisse Anzeichen auf Druckabfall hindeuten."

Joachim konnte noch so tief in allgemeinmenschliche Situationen abtauchen, sein Sinn für Szenisches blieb ihm jederzeit ungeschmälert erhalten, ja, dieses Bedürfnis, das Komische eines jeden Moments zu bannen, trat umso stärker hervor, je weniger es nach allgemeinem Empfinden vorhanden zu sein schien. Kesslers Bemerkung war ihm Anlass genug, durch das betont Ruckartige der Hin- und Herbewegung seines Kopfes das Gejagte seiner Blicke, die zwischen Kerkhove und Kessler hin- und hereilten, zu unterstreichen. Eine ehrliche Überraschtheit verband sich bei ihm mit der tiefen Gewissheit, dass er von dem, was sich für den Augenblick Kerkhove und Kessler bedeuteten, nicht ausgeschlossen bleiben würde, und ihm war sehr wohl bewusst, dass sein kleines Schauspiel ihm die Zeit der Aufnahme bei den anderen beiden verkürzen würde.

„Je nun, Joachim, wir sprachen über das Prinzip des Kühlschranks, das auch in dir wirkt, wenn es denn die Umstände so wollen", gab Kerkhove eine erste Handreichung. „Drück' auf der Fahrt nach Bielefeld ein bisschen an deiner Klimataste herum und überleg' dir, was da passiert!"

„Okay, Jungs, so werde ich tun", war's Joachim zufrieden. „Aber jetzt bin ich dran, ich hab' da was für euch." Damit griff er in seinen Alukoffer, und mit bedeutungsvollem Blick und viel Schwung verteilte er an die anderen beiden wie nach vorbereiteter Choreographie einige Blätter mit Text.

„Hier, eine Frucht meines letzten Bühnenprojekts, ich war mal wieder sehr engagiert. Diesmal Dürrenmatt mit der Mittelstufe. Nicht *Der Besuch der alten Dame*, nein, wir haben uns was erlaubt: *Ein Besuch einer alten Dame*. Der Text von Dürrenmatt ist ja so gut, dass weder Umstellungen noch Kürzungen noch ungenaue Übernahmen ihn völlig seiner Wirkung berauben könnten. Oder auch eine Ergänzung wie dieses Interview mit Claire Zachanassian und Alfred Ill, das ich sozusagen als Epilog noch geschrieben habe. Los, Alex, du machst den Ill, und er hier, unser Erlöser, macht die Zachanassian, ich mach' den Interviewer und Kommentator."

Nicht ohne eine gewisse Zögerlichkeit, die auch daher

rühren mochte, dass Drehbuchautor und Arzt so unverse-
hens eine Schülerrolle zudiktiert bekamen, ließen sich die
beiden Auserwählten auf das ihnen zugedachte Spiel ein.

Interviewer (im Ton wie Ernst Dieter Lueg, immer leicht
hechelnd): „Frau Zachanassian, finden Sie nicht, dass Sie
ein wenig harsch über die Bürger Güllens hergefallen sind,
fast schon wie ein Teufel, und dass sie den Reiz des Geldes
nicht vielleicht doch etwas zu forsch, ja, man möchte fast
meinen: zynisch eingesetzt haben?"

Zachanassian (im Ton wie Herbert Wehner, stakkato-
haft): „Harsch, Teufel, zynisch, was sind denn das für
Wörter, Sie Herr? Ich darf Sie darauf aufmerksam machen, dass dieser Genosse da (zeigt auf Ill) meinte, meine
wohl besten Gefühle für seine Lust, ich darf wohl sagen:
triebgerecht zurechtmeiern zu dürfen. Nicht wahr, er zog
sich schließlich sozusagen aus mir in sein Kaff zurück,
beide stinkend von Anstand, und sein Balg schwärte in
mir, bis es tot und ich vollends vergiftet war."

Interviewer: Aber vielleicht sollte man doch, Frau
Zachanassian, nicht übersehen, dass Sie hier nicht nur
einen Einzelnen, sondern gleich eine ganze Stadt, ja, man
möchte fast sagen: in Haft genommen haben. Was sagen
Sie dazu?"

Zachanassian: „Was heißt hier: sagen? Wenn einer sich
hier herausnimmt, etwas zu sagen, wie Sie sich ausdrü-
cken, dann sind Sie das doch, der hier ständig etwas sagt,
Entschuldigung mal …"

Interviewer: „… aber ich will ja ein Interview mit Ihnen
führen und keinen Schriftverkehr mit Ihnen halten …"

Zachanassian: „… was ich mir auch verbitten möchte,

und deswegen lassen Sie sich gesagt sein, Herr: Hier, was sagen Ihnen meine Prothesen, was sagen Ihnen meine acht Ehemänner, diese Krücken, die, wie Sie ja sicher aus Ihren Unterlagen über mich erschnüffelt haben, versucht haben, sich an mir, hören Sie genau hin, gesund zu stoßen, und dann mit blauen Flecken von mir davongejagt wurden. Sehen Sie mich an, Sie Mikrophonhalter, sagen Sie nichts, sehen Sie mich an: Sie sehen nicht das beschädigte Gute, wie Sie es Ihrem dummen Publikum vorgaukeln, Sie sehen das Böse, mit dem sich das dumme Gute einen unverschämten Luxus, unverschämt sage ich, glaubt leisten zu dürfen. Das merken Sie sich bitte einmal, Herr Interviewer!"

Interviewer: „Herr Ill, wenn ich jetzt einmal das Mikrophon in Ihre Richtung halten darf, was meinen Sie zu dem, was hier über Sie und Güllen hereingebrochen ist – nach der hier gebotenen Version haben Sie die Katastrophe überlebt und tragen nun ein Stigma."

Zachanassian lacht grimmig.

Ill (im Ton wie Manfred Stolpe, immer nach Ausflüchten suchend): „Für mich waren die Ereignisse ein Albtraum, eine Folter, aber einer musste ja zum Deppen werden. An mir ist alles hängen geblieben."

Interviewer: „Aber war es denn nicht so, Herr Ill, dass Sie letztlich der Auslöser dafür waren, dass es für Güllen und Sie so schlimm kommen konnte?"

Ill: „Andere waren auch nicht besser als ich, vielleicht waren sie sogar schlimmer. Der Lehrer hat den Kindern Sachen beigebracht, an die er selbst nicht geglaubt hat, der Pfarrer hat den Schwanz eingezogen ..."

Zachanassian lacht höhnisch

„... der Bürgermeister ist schwul und brüstet sich auch

noch damit …"

Zachanassian: „… wer an Brüsten nichts findet, findet anderes …" (*lacht lüstern*)

Interviewer: „Bitte, Frau Zachanassian, …"

Zachanassian: „Danke, Herr …"

Ill: „… jeder in der Jugendarbeit hat seine Minderjährigengeschichten, und die Frauen lassen auch nichts anbrennen."

Interviewer: „Aber Herr Ill, warum haben Sie denn damals die Claire nicht zur Frau genommen? Sie soll sehr hübsch gewesen sein und ein großes Herz für Menschen gehabt haben."

Ill: „Ich war ja auch sehr verliebt in die Claire, jedenfalls ist mir das so vorgekommen, ich hab' immer angefangen zu träumen, wenn ich mit ihr zusammen war. Wir waren ja auf einem guten Weg, aber wer weiß schon immer so genau, was auf einen zukommt. Und so haben sich dann eben unsere Wege getrennt."

Zachanassian drängt sich dazwischen: „Hört, hört …"

Interviewer: „Bitte, Frau Zachanassian, …"

Zachanassian: „Herr, Sie müssen mir nicht sagen, wie ich heiße, Entschuldigung mal. Herr Interviewer, Sie werden also nach den heutigen Erklärungen des Beischläfers Ill und nach einer etwaig vorausgegangenen Unterredung diese Erklärungen so auslegen, dass man hinsichtlich des Wortlauts dieses Interviews, das ihr Blättchen bringen wird, nicht weiter besorgt sein muss über eine Sonderrolle des Beischläfers Ill hinsichtlich der Auslegung, eventuell bei anderen, günstigeren, ihm günstigeren Umständen vielleicht doch zu einer Zweierunion bereit gewesen zu sein?"

Interviewer: „Wie meinen?"

Zachanassian: „Versuchen Sie zu folgen, Sie Schriftsetzer! Das Entscheidende wäre gewesen, dass die Separation nicht gelungen wäre. Aber sie gelang, weil die unter humanistischer Verwaltung stehende Gemeinde Güllen wie überhaupt dieses freiheitliche Europa aus dem allgemein menschlichen Zusammenhalt herausgerissen, herausgeschnitten werden konnte. Alles, was an Erleichterungen für die Menschen unter den Bedingungen der noch nicht überwundenen Spaltung zwischen geheuchelter Moral und abscheulicher Wirklichkeit herauszuholen ist, was die Möglichkeit des Zusammenhalts, des Zusammenkommens, des Zusammenklingens steigern kann, das muss unter Umgehung der Regeln, die sich diese europäische Schranzenkultur gegeben hat, versucht werden. Jawohl, Sie sehen mich ergriffen, Herr, Sie hören mich, der ich getauft bin mit der Jauche aus den Abfallgruben des nekrösen Liberalismus, nicht mehr reden, wie mich der Dichter geschaffen, sondern der gute Teufel es mich gelehrt hat."

Interviewer: „Das, Frau Zachanassian, ist sicher sehr provokativ, unerhört vielleicht, aber wir sollten doch wieder zur eigentlichen Sache zurückkommen und Herrn Ill fragen …"

Zachanassian fällt ihm ins Wort: „Sie Fragensteller, Sie haben hier nicht das Recht zu fragen, weil Sie nichts verstehen, nicht einmal Ihre Fragen. Betreiben Sie weiter Ihr Sudelgeschäft, aber lassen Sie gefälligst die restlos Bedienten in Ruhe!"

Steht abrupt auf und geht.

Interviewer: „Dieses Interview hat nun, wie alle unschwer feststellen können, eine überraschende Wende genommen, da es Frau Zickinassian für angebracht gehalten hat, eigenmächtig die Regeln abzuwandeln, die für Interviews im allgemeinen gelten."

Wendet sich an Ill:

„Herr Ill, wie beurteilen Sie die Situation, in der wir uns jetzt unvermutet befinden?"

Ill (*hoffend, nichts mehr sagen zu müssen, demzufolge äußerst verlegen*): „Ja, ich weiß auch nicht so recht, sie war schon immer etwas eigen."

Interviewer: „Das war ein schönes Schlusswort, Herr Ill. Ich bedanke mich im Namen der interessierten Öffentlichkeit."

„Na, Pauker, da hast du dir ja was Nettes einfallen lassen", prustete Kessler los. „Und vor allem: Claire Zachanassian wie Herbert Wehner reden zu lassen! Man kann Dürrenmatt nur zugute halten, dass er Wehner nicht kannte, als er sein Stück schrieb, sonst hätte er drauf kommen müssen!"

„War da nicht was, Kessler?", mischte sich Kerkhove suggestiv fragend ein.

„Herr je, Kerkhove, was ergründelt er schon wieder? Nein, beim Zeus, ich wüsste jetzt im Moment nicht, was da war. Spuck's aus, ich fühle mich in meiner Überraschtheit blockiert."

„Darf ich an einen gewissen Herbert erinnern, der seinen Lehrer erschießen will?"

Kessler wurde bereits bei ‚Herbert' klar, worauf Kerkhove hinauswollte, und demonstrativ beschämt ließ er seinen Kopf sinken, vergrub die Stirn in der rechten Hand und griff dann nach dem kleinen roten Textband, der noch auf dem Tisch lag.

„Was, was, Herbert will seinen Lehrer erschießen?", ereiferte sich Joachim künstlich, „soll das hier meinem Stück –, Menschenskinder, mein Stück ist keine Dokusoap, die sich mit allem möglichen tagesaktuellen Mist vollfrisst!"

„Ruhig bleiben, Lehrer", wirkte Kessler beschwichtigend auf Joachim ein, „Du kennst unseren Kerkhove, ich war für einen Moment auch nicht auf der Höhe, aber ich hab's jetzt", und er las Joachim eben jene Stelle aus Frischs kleinem Drama vor.

„Auch ein Herbert", war Joachim ehrlich, aber auch angenehm verwundert.

„Bei so viel Zufall", und das Wort Zufall betonte Kerkhove, „sollte man vielleicht wissen, was ‚Herbert' eigentlich bedeutet. Kessler sprang hoch, verschwand und kam alsbald in einem Buch blätternd zurück. „Was sagt uns denn Bahlows Namenlexikon? Hier: Herbert – der im Heer Strahlende." Die drei schauten sich etwas ratlos an. „Tja, war wohl nichts", gab sich Kessler etwas ernüchtert.

Kerkhove nahm sich zu trinken, Joachim ordnete Papiere, Kessler brachte das Namenlexikon zurück an Ort und Stelle. Als er sich den beiden anderen wieder zugesellte, sah er diese leicht sphinxhaften Züge in Kerkhoves Gesicht, die Unbedarftheit diesem gern als geistige Abwesenheit auslegte. In einem einfachen Sinn traf es sogar zu, Kerkhove abwesend zu vermuten. Tatsächlich aber zeigte sich in solchen Augenblicken bei Kerkhove eine innere Lebhaftigkeit, die ihm immer dann zuwuchs, wenn er, einer Spinne vergleichbar, die aus ihrer Beute einen Kokon wickelt, indem sie ihre Beute nach allen Richtungen drehend und auf ihren Füßchen balancierend gleichsam dingfest macht, sich mit einem Gedanken innig beschäftigte. Man sollte Kerkhove jetzt auf seinen Zustand nicht ansprechen, das wusste Kessler, und er wusste auch, dass, wenn Kerkhove das Ergebnis seines Denkens einer Mitteilung für würdig erachten würde, er sich auch würde entsprechend vernehmen lassen.

So wandte er sich zunächst Joachim zu.

„Wie ist denn dein Herbert Zachanassian überhaupt so angekommen?"

Zu Joachims verschiedenen sprachlichen Gebärden gehörte auch eine solche, in der er zu erkennen gab, dass, was er zu sagen hatte, einen gewissen Öffentlichkeitsbezug hatte. So liebte er es denn, im Stil einer gediegenen Publikation zu reden, wenn ihm nach vornehmer Distanz gegenüber einer formal notwendigen Pflicht war.

„Ich war einigermaßen erstaunt, dass viele, die Herbert Wehner auf Grund ihrer Jahre eigentlich kennen müssten, die Anspielung nicht verstanden haben, obwohl die entsprechende Szene hart am Rande der Überspielung war. Natürlich haben sich viele Eltern zu allererst am Spiel ihres Nachwuchses ergötzt und waren somit nicht zu allererst auf subtile Nuancen geeicht, die, obzwar gelegentlich überdeutlich geboten, sich diesem Publikum nicht direkt erschlossen. Aber auch das offene akademische Interesse manches Kollegen hinderte diesen nicht daran, nicht zu erkennen, was zu erkennen bei grundlegenden Kenntnissen nicht unmöglich gewesen wäre. Der große alte Herr hingegen, der sich seinerzeit mit einem Liedervortrag vom Amt des Schulleiters und damit von der Schulgemeinde verabschiedete, kam mit ausgebreiteten Armen auf mich zu und rief mir entgegen: Herrlich, Ihr Wehner!"

Kessler genoss sein Amüsement ob Joachims Vortrags und verlangte nach mehr: „Wie kommen eigentlich deine Schüler-Schauspieler mit dem zurecht, was du ihnen zumutest?"

Joachim hatte sich in seine Rolle hineingelebt und fuhr wie auf Knopfdruck fort:

„Neben dem, worüber zu berichten Pflicht ist, gibt es aber noch etwas anderes, was nur zum Teil bei den Aufführungen erkennbar wird. Ein Theaterprojekt ist nicht ohne Reibereien zu bewältigen. Um aber eine Aufführung möglich zu machen, sind ab einem gewissen Zeitpunkt alle gezwungen, unter Hintanstellung aller Streitigkeiten, Peinlichkeiten und persönlicher Interessen zielorientiert und teambewusst zu arbeiten, um dann letztlich ohne die absolute Gewissheit auf die Bretter, die die Welt bedeuten, zu steigen."

„Höre ich da eine Art Pressetext?"

„Ja."

„Schon fertig?"

„Nein."

„Ich höre."

„Wenn man bei den Proben die Spielfreude und das Miteinander der Beteiligten sieht, wird man als Spielleiter für vieles entschädigt. Bei dieser Aufführungsreihe war es die Probe zwischen der ersten und zweiten Aufführung, die beeindruckte, weil in ihr die Elf- bis Achtzehnjährigen in großem Verständnis füreinander gemeinsam die Sau rausließen und einen Heidenspaß hatten, um dann am Abend mit einer konzentrierten Spielfreude das Stück mit dem nötigen Ernst zu spielen."

„Ist das mit der Sau im veröffentlichen Text auch irgendwie herausgehoben?"

„Ja, das mit dem Heidenspaß auch."

In einem brüllenden Gelächter löste sich die Spannung, die Joachims Darbietung zwischen den dreien aufgebaut hatte.

„Ich stelle ihn mir vor, den schweißnassen, erschöpften, strahlenden Kurt Joachim", prostete Kessler Joachim mit seinem frisch gefüllten Sektglas zu. „Na, Kerkhove, war es richtig, den Mann im Karneval kurz vor Mitternacht im Ehebett telefonisch überfallen zu haben?"

„Unbedingt, unbedingt, zumal er jetzt auch schon wieder strahlt." Und nach einer kurzen Pause der Zuprostung: „Vielleicht noch etwas zu Herbert, dem im Heer Strahlenden, wenn gefällig."

„Wusst' ich's doch", sagte Kessler zu sich selbst.

„Wenn ich mir eine Heideggerei erlauben darf", brachte sich Kerkhove in Position, „dann seh' ich Herbert am Strahlende. Nun ja, meine Herren, ich weiß, ich weiß, aber man darf in dieser Runde ja vielleicht mal völlig ungeschützt was sagen. Ich mein', Herbert ist bei Frisch ja doch in irgendeiner Weise am Ende des Lichts. Gut und böse, falsch und richtig, schön und hässlich hat er als Retortenzüchtung einer selbstgefälligen Zivilisation erkennen müssen, alles Moralische hat sich selbst der Lüge überführt. Was habe ich kürzlich gelesen: Nur weil der Mensch ein Gewissen hat, nur weil er dem moralischen Gesetz in sich unterworfen ist, kann er zum Unhold, zum grausamsten Wesen in der Natur werden. Amoralisches Handeln ist gerade unter solchen, die strategisch denken, die einzig vernünftige Art des Handelns. Gaius Julius Caesar ist *der* Musterfall überhaupt, aber für Herbert Wehner, den Kärrner, nach eigener Einschätzung zuständig für die Drecksarbeit hinter den Kulissen, widergespiegelt in seinem Gesicht, gilt Gleiches, auch er tat am Ende des Lichts seine Arbeit, litt aber unter den Anfeindungen durch die feine Gewissensgesellschaft, weil ihm jeglicher Charme abging, den Caesar, im Übermaß damit gesegnet, als vollendetes Blendwerk einsetzte, gegen welches sich persönliche Anwürfe immer nur als Wadenbeißereien Zukurzgekommener ausnahmen."

„Gott, Kerkhove, man sollte dich nie länger als ein oder zwei Minuten mit dir allein sein lassen", seufzte Kessler, „du hast schon eine besondere Art, einem die Luft zu nehmen. Aber sie wird gleich nachströmen", und er erhob sich, um ein Fenster zu öffnen. Draußen rauschte der Regen, der Himmel stand in einem Blitzlichtgewitter, Donner war nur noch vereinzelt aus größerer Entfernung zu hören.

„Aber du hast ja recht", fuhr Kessler fort, „dieses westliche Europa berauscht sich an seinem Gutsein und hofft, dass das östliche Europa irgendwann auch von diesem langsam lähmenden Gift nimmt. Bis es so weit ist, sieht man am besten dabei zu, wie etwa die Völker auf dem Balkan aufeinander einschlagen. Irgendwann sind sie erschöpft genug, dass sie bereitwillig die Friedenspfeife rauchen, die ihnen Westeuropa mit den nötigen EU-Opiaten gestopft haben wird. Doch damit wird nichts Wegweisendes erreicht sein. Was heute vor aller Augen an Bestialität in Europa geschieht, wird sich der allgemeinen Aufmerksamkeit entziehen und unterschwellig weiterwirken. Das Sichtbare wird sich dann als harmlos erweisen gegenüber dem, was aus dem Verborgenen an Zerstörung um sich greift, weil niemand damit rechnet, dass sich in dem, was wir als freiheitliche Errungenschaften preisen und woran wir uns satt saufen, nichts anderes ist als die perfide Verkleidung des Bösen. Mein Lieber", und er schlug mit seiner Rechten auf Joachims Schulter, „ich könnte kotzen, was das Zeug hält."

„Wahrlich, ich sage euch", erhob der unter der Heftigkeit des Schlages Hüstelnde szenisch treffend seine Stimme, „ihr könnt nicht nur in der Schule lernen, sondern auch von ihr." Und in einem veränderten Tonfall, der auf jegliche szenische Ambition verzichtete, fuhr er fort: „Wir machen in der Schule die Erfahrung, dass unser pädagogisches Engagement sich ab einem bestimmten Grad der Zuwendung gegen uns wendet, weil wir dann nicht mehr ernst genommen werden. Wir werden dann als diejenigen wahrgenommen, die wir tatsächlich sind: schwach und ohnmächtig. Das erst schafft viel Wut gegen uns. Die früh einsetzende Gewaltbereitschaft unter unseren jungen Leuten ist die Verzweiflung darüber, dass uns unser Gutmenschentum wichtiger ist als die Sicherstellung vertikaler Strukturen, in denen allein sich ein Heranwachsender unterbringen kann. Was haben die 68er uns da eingebrockt! Ich bin ja so froh, dass ich Theater spielen kann mit meinen Schülern! Da kann ich ohne Rücksicht auf ideologische Korrektheit gnadenlos verlangen, was die Sache verlangt. Und was ist? Die jungen Leute nehmen es letztlich klaglos an, weil sie ihre Verantwortung für die Sache unmittelbar erkennen. Ich bin sicher ein lausiger Lehrer, aber wenn's beim Theater wirklich drauf ankommt, macht mir so schnell keiner was vor. Damit ist auch klar: Theater ist das eigentliche Leben. Alles andere ergibt sich daraus."

Sechstes Kapitel

K essler hatte seinen Text alsbald arrangiert und ihn an Joachim weitergeleitet. Dann ließ er seine Verbindungen spielen.

Immer wieder aber musste er darüber nachdenken, was Kerkhove ihm über Heidrun und Bertram Karl erzählt hatte. Die Gedanken Kerkhoves führten ihn da doch in arg unbekanntes Gelände. Die Aussichten, die sich einem allerdings boten, wenn man sich der Führung Kerkhoves anvertraute, waren berückend, darauf konnte man sich verlassen. Aber es konnte einem auch so ergehen, dass man sich fragte, ob man seinen Augen denn wohl trauen dürfe, wenn man sich in Kerkhoves Blickwinkel begab. Kessler folgte dem, was Kerkhove über das Ehepaar Bertram äußerte, mit einer Art Sicherungsvorbehalt, aber er mochte sich den Bezügen, die Kerkhove herstellte, auch wiederum nicht entziehen, und außerdem musste er sich eingestehen: Es ging nicht. Dass alles seine Kehrseite habe, dass es nichts ohne sein sog. Gegenteil gebe, die Schulweisheit von der *coincidentia oppositorum*, das alles war ihm durchaus gehobene bildungsbürgerliche Münze, aber die Feindynamik im Übergangsbereich zwischen den Gegensätzen war bislang noch nicht in sein Blickfeld geraten. Er musste in Erinnerung an das technische Bild, dessen sich Kerkhove zur Veranschaulichung seiner Gedanken bedient hatte, mal wieder schmunzeln. Dieses Klimaanlagen-Bild, das hatte, weiß der Teufel, etwas für sich. Und erneut dachte Kessler über diesen Menschen nach, dem, noch nicht fünfzig, der Anflug einer gewissen

Altersweisheit schon anzumerken war, dem die 300 PS seines Sportwagens immer noch nicht zu reichen schienen, dem die Erwähnung des Namens Maria ein feines Leuchten über das Gesicht legte und dem sämtliche Waffen aus den Arsenalen der Rhetorik zur Verfügung standen, die er nutzte und gleichzeitig verachtete.

Einiges über Kerkhoves Art, sich der Dinge anzunehmen, erschloss sich Kessler aus dessen Lebensführung. Dieser Mann hatte sich bewusst dazu entschieden, nicht zu heiraten und, für ihn gleichbedeutend, keine Kinder zu haben. Sein Charme war für die Frauenwelt eine ganz besondere Herausforderung. Nicht charmant sein zu wollen, das konnte er sich leisten. Nicht wenige Frauen spürten das und reagierten mit einer für sie selbst nicht erklärbaren Aggressivität gegen ihn. Wollte er hingegen charmant sein, zerbrach er fast jede Zurüstung weiblichen Selbstwerts, und manche Frau, sich ihrer selbst sehr sicher wähnend oder in guten, vielleicht auch nur festen Händen befindlich, wunderte sich später genussvoll erschauert, wie es denn nur hatte passieren können. Kerkhoves Meinung von den Frauen blieb bei all dem von einer gleichbleibend mittleren Höhe. „Ohne Frau und Kind hab' ich keine Angst vor dem Tod", war eine der Quintessenzen seines Lebens. Maria allerdings schien in Kerkhoves Leben einen besonderen Platz eingenommen zu haben. Kerkhoves so liebevoll zärtliche Worte über sie und ihre Arbeit ließen ihn seltsam entrückt wirken. Warum er eigentlich nicht Priester geworden sei, wurde er immer wieder gefragt. Er stelle sich lieber in den Dienst der Natur, sie heile, und er als Arzt könne dabei helfen. Im übrigen halte er es mit der Weisheit des Kirchenvaters, der in der Medizin die Schwester der Philosophie gesehen habe. Schlussendlich sehe er auch darin Schwierigkeiten, den Gläubigen einen Menschen als Priester verständlich zu machen, der es als Erfolg ansehe, endlich jemanden gefunden zu haben, der dem Motor seines Sportwagens auf solid mechanische Weise hundert weitere PS entlocken könne. Erst mit vierhundert PS sei man schließlich einigermaßen autonom.

Auf der Rückfahrt nach Vogtsburg hatte Kerkhove diese Vermutung an der Steigung nach dem Brückenrestaurant Frankenwald erneut bestätigt gefunden. Ob vierhundert PS denn wohl …, nein, übertreiben, das wollte er nun auch wieder nicht. Überhaupt ließ er es jetzt etwas ruhiger angehen, denn seine Gedanken waren zurückgewandt und beschäftigten sich mit Kesslers Idee zu diesem Vorhaben, für das nach Übereinstimmung der Dresdener Runde nicht leicht Vergleichbares zu finden sein dürfte. Dieser ewig vibrierende und schaffenswütige Drehbuchkopf mit seiner Unruhestätte des Geistes, Familienvieh und häufig abwesend, angewidert von seinem Arbeitgeber, der ihn äußerst großzügig dotierte, in Worten scharf bis zur Ätzung, zärtlich zu seiner Frau, in der Sorge um seine Kinder immer nur umtriebig, am Flügel mit einem begnadeten Anschlag bei sonst höchstens durchschnittlicher Technik, hingegeben an einen der fragilsten Oldtimer, dieser Mann gab ihm immer wieder Rätsel auf, da die Wege, die zu seinem Wesenskern zu führen versprachen, sich alsbald im Unbestimmbaren verloren. Irgendetwas beschwerte ihn so, dass ihn bei aller hochenergetischen Beweglichkeit ein melancholisches Verhaftetsein an die

Schwere des Seins zu binden schien. Kerkhove wusste von Kessler, dass in dessen Elternhaus eine Atmosphäre der Behütetheit herrschte, nicht eine solche der selbstsatten Mütterlichkeit, sondern die eines feinen und dabei disziplinierten Ordnungsgefüges, das ein empfindsamer Vater und eine pragmatische Mutter aus ihrem vergeistigten Antagonismus zu schaffen in der Lage gewesen waren. Die Welt außerhalb dieses Ordnungsgefüges hielt für Kessler, obwohl gerade auch durch ihn verursachte, offen ausgetragene Konflikte in der Familie zu seinen Grunderfahrungen gehörten, dann doch Wirklichkeiten bereit, die sich ihm als äußerst sperrig erwiesen. Manchmal war es Kerkhove so erschienen, als habe Kessler das Sperrige als in sich selbst liegend erfasst, aber richtig sicher war er da nicht. Doch nahm in Kerkhove die Gewissheit allmählich zu, dass Kesslers Vorhaben, zu dessen Verwirklichung er ihn und Kurt Joachim zu sich nach Dresden geladen hatte, dazu diente, etwas Sperriges zumindest ein wenig zu lösen.

Joachim wiederum hatte sich auf den Weg nach Bielefeld gemacht, nicht ohne bei Fahrtantritt die Klimaautomatik auszuschalten. Noch vor Leipzig hielt er es nicht mehr aus. „Wozu habbich dat Schaißding eigentlich", schaffte er sich Rechtfertigung und empfand tiefe Befriedigung dabei, als auf Tastenbetätigung hin die kühle Luft ins Wageninnere rauschte. Aber er riss sich dann in Erinnerung an das Versprechen, das er Kerkhove gegeben hatte, doch noch zusammen und spannte seine Sinne an, ob er über das Gefühl der Befriedigung im Kühlen hinaus noch einer weiteren Regung teilhaftig werden würde. Es war aber nichts. „Wat hat Kerkhove nur wieder im Kopp chehabt mit seiner Klimaaautomatik?", rätselte er, „der Junge ist mir nicht immer so chanz cheheuer." Das aber sagte er, obwohl er ja nur zu sich sprach, mit respektvoller Vorsicht, denn er hatte mit Kerkhove schon mehrfach die Erfahrung machen müssen, dass dieser vor allem dann mit seinen Einschätzungen richtig zu liegen die Neigung hatte, wenn alles gegen ihn zu sprechen schien. Und jetzt mit seiner Tacitus-Bearbeitung, mein lieber Mann, sprach er in erlebter Rede zu sich, wenn er, was ich mal lieber für wahrscheinlich halten will, wieder richtig liegt, dann wird das mit Kesslers Plessner-Collage zusammen ein Riesending. Und was Kessler da noch so alles aus dem Senderarchiv geholt hat, daraus werden wir 'ne tolle Sache machen, und ich werd' meine Augenzeugen beisteuern, wozu hab' ich schließlich meine 1500 Videos.

Und während Joachim sich weiter begeistert Gedanken über das Stück machte und bereits das Schauspielerensemble zusammenzustellen begann, musste er wohl bei der Wahrnehmung eines Schildes die amtlich verordneten Realitäten übersehen haben. Das betraf sowohl den roten Rand dieses Schildes als auch vor den zwei Nullen die 1, die er wohl für eine 2 gehalten hatte. Mehrere Wochen Fahrverbot und eine beträchtliche Geldstrafe. Das mache nichts weiter, verkündete er, er habe ohnehin zu tun, und außerdem verliere man ja mit dem Führerschein nicht auch die Fähigkeit, ein Auto zu fahren. Und was das Strafgeld betreffe, so ließ er es mit der Bemerkung bewenden, seine Frau verdiene schließlich auch.

Joachim gehörte nicht zu den Menschen, die in den Ereignissen um sich herum nur ein allgemein horizontales Fließen erkennen. Er sei als Kind für viele einfach nur der Watschenmann gewesen, was er im nachhinein so deutete, dass sich darin eine bei ihm grundangelegte Querbewegung zum üblichen Fortgang ausgedrückt habe. Im Sportunterricht der Volksschule und der ersten gymnasialen Jahre habe er das überdeutlich zu spüren bekommen. Im Abitur aber habe sich das Blatt schon gewendet gehabt, da sei er mit der nötigen Kraft, die er aus der Schule des Lebens bezogen habe, zum Mathematiklehrer hin, der ihm 0 Punkte habe geben wollen. Schwarz auf Weiß habe er ihm nachweisen können, dass auch Dienste wie Kreideholen und Tafelwischen als Leistung anzusehen seien, zumal damit die Grundvoraussetzungen für einen didaktischen Prozess gesichert würden. „Sie sind ein Idiot, Joachim", habe der Lehrer gesagt und ihm dann den Punkt gegeben. Ohne diesen Punkt sei sein Abitur eine ziemlich fragwürdige Sache gewesen. Mathematik sei überdies eine reichlich überflüssige Sache, war und blieb seine Überzeugung, das Abgründige, Vielstimmige, Unbestimmbare und quasi Multiple der Literatur, wie er sich auszudrücken bei Gelegenheit Anlass gefunden hatte, sei für ihn das eigentliche Leben. Geometrie sei für ihn nicht Mathematik, denn Linien und Kreise könne er bestens verwenden, um die inneren Bezüge zwischen den Komponenten vor allem seiner Theatertätigkeit den außer ihm noch Beteiligten zu verdeutlichen. Linien seien ihm aber auch wieder die ständige Herausforderung, sie auf ihre innere Berechtigung zu überprüfen. So habe er für seinen Südafrika-Urlaub einen schwarz-weiß quergestreiften Schlafanzug seines Vaters eingepackt, um sozusagen vor Ort herauszubekommen, ob man zurecht von einer

Grenzlinie zwischen Mensch und Tier sprechen dürfe. Er habe allerdings dann die Erfahrung machen müssen, dass Zebras nicht nur auf solche Reize reagieren, die der Mensch in freundschaftlich gestimmter Anverwandlung des Zebraäußeren ihnen als Sympathiebekundung schaffen zu können glaubt.

Als Joachims Mutter starb, irritierte er während des Begräbnisses viele der Trauernden dadurch, dass in seiner Trauer auch Anzeichen einer Freude zu sehen waren. In seiner Grabrede hatte er zunächst die Frage gestellt, was es mit Trauer eigentlich auf sich habe. Sei es überhaupt sinnvoll, einen Toten zu betrauern? Der könne doch mit dieser Trauer gar nichts anfangen, der habe schließlich das Tränental des Lebens, das es ja manchmal wirklich sein könne, endgültig hinter sich. Oder richte man die Trauer auf sich selbst als diejenigen, die einen Verlust zu beklagen hätten? Dann aber habe die Trauer durchaus etwas Egoistisches an sich. Er glaube, das, was er jetzt am Grabe seiner Mutter fühle, Trauer sei, aber dieses Gefühl richte sich nicht auf seine Mutter, sondern seine Mutter sei Ursache für dieses Gefühl. Und weil seine Mutter ihm viel Gutes getan habe, sei in dem, was er jetzt gerade empfinde, auch eine Freude, eine Freude über das Gute, das er von seiner Mutter empfangen habe, und eine Freude darüber, dass sie von ihrer schweren Krankheit erlöst sei. Er habe das Sterben seiner Mutter miterlebt, und er müsse sagen, es sei für sie ein Sterben mit viel körperlichem Schmerz gewesen. Es habe ihn aber sehr getröstet, was er bei seinem Lieblingsschriftsteller Tolstoi über das schmerzreiche Sterben eines Menschen gelesen habe, und das wolle er allen, da ein toter Mensch mitten unter ihnen sei, jetzt vortragen:

„Wo ist der Schmerz? Wo ist er hin? Sag mal, wo bist du hin, Schmerz?" Er begann hinzuhorchen. „Aha, da ist er. Was macht es schon, meinetwegen Schmerz? Und der Tod? Wo ist er?" Und er suchte nach seiner früheren, so gewohnten Todesangst und konnte sie nicht finden. Wo war sie? Und was war das für ein Tod? Es war keine Angst da, weil auch kein Tod mehr da war. Anstelle des Todes war ein Licht da. „So ist das also!", sagte er plötzlich laut. „Welch eine Freude!" Für die Anwesenden freilich dauerte der Todeskampf noch zwei Stunden.

Obwohl Joachims Worte in ihrer Klarheit etwas sehr Bewegendes hatten, schrieben nicht wenige seine Art der bekundeten Trauer sowie den Inhalt seiner Grabrede einer momentanen Verwirrung zu, ausgelöst durch einen namenlosen Schmerz über den Tod der Mutter. In ihrer eigenen Trauer keine Freude empfinden zu können, gar zu müssen, das ließ sie im Frieden mit sich selbst das traurige Ereignis begehen und die Unverfälschtheit ihrer als echt empfundenen tränennahen Regungen genießen. Die Vermutung, Joachim sei aus nun wahrhaftig gut verstehbaren Gründen in seiner Zurechnungsfähigkeit derzeit ein wenig eingeschränkt, fand bei ihnen zusätzlich Nahrung, als sie erkennen mussten, dass als Leichenschmaus nur ein schlichtes Kaffeetrinken stattfand.

Manch einer aber war auch erschüttert darüber, dass es erst der Worte Joachims am Grab seiner Mutter bedurfte, zu mehr Helligkeit im eigenen Dasein zu gelangen. Freude als das andere Gesicht der Trauer, diese Einsicht wirken zu lassen, dabei störte den einen oder anderen das Kaffeetrinken schon etwas.

In der Zeit nach dem Tod der Mutter begann sich Joachim das Bild des hinterbliebenen Vaters ein wenig zu wandeln. Joachim selbst sprach von einer Art Verklärung. Der Tod der Mutter hatte jedenfalls über die lebhaften Gefühle hinaus, die ihn mit seinem Vater verbanden, ein Empfinden für diesen in ihm wach werden lassen, welches dessen Lebensleistung, die Wesensverwandtschaft mit seinem Sohn und eine beunruhigende Schutzbedürftigkeit hervorhob. Joachims fast schon legendären Vaterepisoden in launiger Runde kam in dieser Zeit eine Spur Verdichtung zu. Er selbst spürte das ebenso wie seine Umgebung. Es passierte jetzt auch häufiger, dass er sich plötzlich mitten in der Nacht aufmachte und Hunderte von Kilometern durch die Dunkelheit raste, um nach seinem Vater zu sehen. Den Einwand seiner Frau in solchen Situationen, dass er wegen der Rücksichtslosigkeit gegenüber beruflichen Verpflichtungen noch einmal Schwierigkeiten mit seinem Arbeitgeber bekommen werde, beschied er damit, dass sie ja schließlich auch verdiene.

Für einen Abend im Oktober war in Dresden auf dem Trümmergelände der Frauenkirche ein Ereignis angekündigt, von dem man sich nicht so recht eine Vorstellung machen konnte. Pressevertreter wuselten um drei Herren herum, der eine in Schwarz, der andere in Beige, der dritte fiel vor allem durch seinen Schal auf, der ihm wie ein viel zu breiter Schlips auf der breiten Brust lag. Sogar ein mdr- Kamerateam war anwesend. Es machte die Runde, Privatfernsehen sei ausdrücklich abgelehnt worden. Die zahlreichen Interviews ergaben letztlich nur das eine: Man möge doch bitte einfach den Beginn des Stückes um 22.00 Uhr abwarten.

Siebtes Kapitel

S tück für einen Sprecher, einen römischen Historiker (schon lange tot), einen deutschen Gelehrten (schon länger tot) und einen europäischen Chronisten deutscher Nation (lebt noch)

Ort:
Dresden, an einem Abend im Spätfrühling, 22.00 Uhr

Bühne:
zwischen eingesammelten, nummerierten, geschichteten und in überdachten Regalen liegenden Trümmern der Dresdener Frauenkirche

Szene:
Der Chronist sitzt an einem Tisch, der von einer Tischlampe in helles Licht getaucht ist. Der Sprecher steht seitwärts ein wenig abgesetzt auf einem Podest in mildem Kontrastlicht. Der Gelehrte steht auf einem, der Historiker auf zwei Trümmersteinen im abgedunkelten Hintergrund, aber so, dass man ihre Umrisse noch erkennen kann.

Zunächst ist die Szene jedoch nicht zu erkennen, die Bühne liegt im Dunkeln. Aus Lautsprechern, die hoch an den noch stehenden Außenwandstümpfen angebracht sind, ertönen einige Takte des Dresden-Oratoriums.

Aus der allmählich leiser werdenden Musik löst sich eine Stimme, der sich weitere anschließen.

Eine Frau:

„Und dann dieses Pfeifen in der Luft, das hörte man im Kamin, es war grauenhaft, und dann die Bombeneinschläge, ganz in der Nähe. Ich habe dann von meinem kleinen Bruder die Finger genommen und sie ihm in die Ohren gestopft, und meine Faust habe ich ihm in den Mund gesteckt, damit das Trommelfell nicht platzt.

Da saß noch eine Tante, die war aus Oberschlesien geflohen, die krallte ihre Fingernägel in meine Hand, das hab' ich gar nicht gemerkt, hinterher war alles blutig zerkratzt."

Eine Frau:

„Es war im Keller alles voll von Menschen, kein Kind weinte, keine Frau jammerte, man saß da und wartete auf den Tod."

Ein Mann:

„Das werd' ich nie vergessen in dem Keller. Wir hatten auch ein paar Kluge dabei, die wussten ganz genau, dass die Bomben immer zu viert abgeworfen werden, und dann zählten wir immer ganz laut: eins, zwei, drei, vier. Und wenn wir nur bis drei kamen, oh Gott, die vierte haben wir nicht gehört, die ist dann hier. Wir konnten uns nicht helfen, es war schlimmer als an der Front."

Eine Frau:

„Dann war eine Weile Ruhe, absolute Stille, das war fast noch unheimlicher als zuvor."

Ein Mann:

„Wir begannen, die Verwundeten von den Bahnsteigen

hereinzuholen. Das war das Entsetzlichste, was ich je gesehen habe in meinem Leben, bis auf das, was ich danach noch sehen musste. Die Menschen lagen auf den Bahnsteigen, die waren regelrecht aufgeschlitzt und zerrissen und haben zum Teil noch gelebt. Die haben geschrien, überall spritzte Blut und lag Blut, das waren entsetzliche Szenen."

Eine Frau:

„Ich wollte meinen kleinen Bruder holen und ihn in Sicherheit bringen, aber der rührte sich nicht vom Fleck. Und auf einmal fing der an zu bellen, wie ein Hund, da lief es mir eiskalt über den Rücken, es war grauenhaft."

Ein Mann:

„Da war ein Notausgang, eine Stahlschotte. Im Bahnhof ging vermutlich eine Luftmine nieder. Diese Stahlschotte wurde bei dem Einschlag aus der Halterung gerissen, wie ein Stück Stanniol zusammengeknüllt und durch diesen Kellerraum wie ein Geschoss durchgetrieben in die gegenüberliegende Wand. Die Menschen, die in dieser Flugbahn gesessen waren, die saßen dann alle ohne Kopf da."

Ein Mann:

„Überlebenschancen hatte nur, wer sich aus den Kellern in das brennende Inferno hinauswagte."

Eine Frau:

„Als wir aus dem Haus rausgingen, da war dieser Funkensturm, so extrem, so stark, dass ich den kleinen Bruder festhalten musste. Der konnte nicht auf seinen Beinen stehen. Ich mit meinen dreizehn Jahren hatte genug Körpergewicht, ich konnte ihn halten, er wäre sonst davongeweht worden."

Ein Mann:

„Und in der Nähe dieser Flamme war dieser Kriegsinvalide, der stemmte sich, der schrie, das übertönte noch das furchtbare Getöse um uns herum; dann zog's dem das Bein waagerecht, der lag buchstäblich so in der Luft und wurde immer schneller, den zog's unter die Flamme, wie von einem unsichtbaren Brotschieber, vom Bäcker, reingeschoben, ffffft, fort – ins Feuer."

Ein Mann:

„Die Angst nimmt ein Stadium an, da ist alles andere überlagert. Es kommt auch nicht zum bewussten Handeln, alles, was jetzt abläuft und geschieht, sind Intuitionen. Ich hab' mir nie Gedanken gemacht, was könnte passieren oder was machst du. Draußen auf der Straße, da hat mir ein Mann plötzlich ein Baby in die Hand gedrückt, und ich bin mit dem Baby in Richtung Bayerischer Platz gerannt. Da kommt mir eine Frau entgegen, und ich hab's der Frau in die Hand gedrückt, ohne zu denken, ich weiß nicht, warum. Die Frau ist dann mit dem Kind in eine andere Richtung gerannt."

Eine Frau:

„Meine Mutter ist dann mit uns Kindern in die Mitte des Neumarktes. Da stand eine Laterne, eine Laterne an der Straßenbahnhaltestelle. Und dann wollten wir zu der Laterne, aber der Feuersturm lässt einen ja nicht, der treibt einen ja dorthin, wo er will, und so haben wir nun krampfhaft versucht, an die Laterne zu kommen. Dort stand eine alte Frau. Diese alte Frau rief: Hierher, hierher, haltet euch fest! Und dann haben wir uns an der alten Frau festgehalten, die sich selber an der Laterne festhielt. Mit letzter Kraft waren wir an die Laterne gekommen und an die alte Frau. Wir haben ihr bald die Kleider vom Leib gerissen, so haben wir uns an die alte Frau rangeklammert. Und die sagte nur immer wieder: Haltet euch fest! Und da haben wir dann dort gehangen, ein kleines Häuflein Menschen, voller Verzweiflung, ums Leben kämpfend, und deswegen ist diese Laterne immer in meiner Erinnerung und die alte, tapfere Frau."

Eine Frau:

„Als alles vorbei war, spürten wir einen Luftzug, und dann sind wir nur noch der Luft nachgegangen, immer weiter und immer weiter, mir kam es endlos vor. Auf einmal ging das Licht aus. Und da waren so viele Gänge. Meine Mutter sagte immer, wir sind unter die Katakomben der Frauenkirche geraten. Und wenn ich jemals in meinem Leben eine Erscheinung gehabt habe, dann war das so etwas: Da kommt ein Mann uns entgegen mit so einer Stallaterne, und der sagt: Wo sind die anderen? Und da haben wir gesagt, das wissen wir nicht, wo die anderen sind. Und er sagt: Kommen Sie schnell, kommen Sie schnell, ich hab' einen Ausgang, wir müssen schnell machen. Und dann kommen wir an den Ausgang, und statt dass er nun auch mit rausgekommen wär', ist er in den Keller zurückgegangen, obwohl er uns versichert hat, dass der Ausgang ganz schnell verschüttet werden kann durch ein gegenüber brennendes Gebäude."

Ein Mann:

„Im Chaos sahen wir die Chance, der Deportation zu entgehen. Und wir sind raus und haben den Stern runtergerissen. Ich hab' ihn unter die Schuhsohle gelegt und versucht, ihn zu zertreten."

Eine Frau:

„Wir sind durch das brennende Dresden, mit einem Gefühl, das kann man gar niemandem beschreiben. Wenn jemand sagt, Gott sei Dank, das kann man verstehen, aber wenn jemand sich frei fühlt und sagt: lieber eine Bombe auf den Kopf als deportiert, also wenn man so weit ist, dann muss man vorher schon sehr gedemütigt worden sein."

Eine Frau:

„Da haben wir den Circus Sarrasani gesehen, da lief der Phosphor runter, und das sah alles wie golden aus, es war ein faszinierend teuflisch schöner Anblick, es war so, als hätte man die ganze Stadt mit Gold übergossen."

Ein Mann:

„Wenn jemand behauptet, es sei kein Phosphor abgeworfen worden, da kann ich nur sagen: Der hat nie einen Luftangriff erlebt. Ein Stahlgerüst wie der Dresdener Hauptbahnhof, da ist nichts Brennbares dran, der könnte überhaupt nicht brennen, der hat aber lichterloh gebrannt. Das ist nur dem Phosphor zu verdanken. Genauso diese

Steinflächen auf den Straßen, diese Flächenbrände, auf der Straße, wo Pflaster ist, was soll denn da brennen?"

Der Sprecher, liest von einem Blatt Papier:

„Gutachten eines Sachverständigen. Es war ausdrücklich kein Phosphor. Es war ein Kautschukgemisch, in den man weißen Phosphor einlaboriert hatte. Wenn der Zünder nach dem Aufprall gemäß einem bestimmten Ablauf ausgelöst wurde, wurde dieses Brandgel entflammt. Der Effekt war: Wenn der Kanister, in dem alles enthalten war, auf die Straße schlug, spritzte die Masse meistens bis zum ersten Stock hoch. Später bekamen diese Bomben einen Namen: Napalm. Viele Dresdener haben später berichtet, dass diese Masse klebte und von den Körperteilen nicht mehr abging. Man konnte diese Masse am Körper nur abdecken und versuchen, den Brand zu ersticken. Sobald aber diese Abdeckung, aus welchen Gründen auch immer, nicht mehr möglich war, fing die Masse wieder an zu brennen und fraß sich in die Körper."

Ein Mann:

„Viele Getroffene suchten Schutz in Brunnen, eine Todesfalle, denn das Wasser verdunstete, und das Brandgel entzündete sich von neuem."

Ein Mann:

„Durch einen Schmerz bin ich aus meiner Ohnmacht aufgewacht, und da merkte ich, dass ein toter Soldat auf mir lag. Der hat mir, um es krass zu sagen, das Leben gerettet. Dann wurde es hell, und dann habe ich gesehen: meine Geschwister, tot; die Mutter, tot, die lag fast

nackt da, erstickt. Tja, ich war auf einmal allein in der
Welt."

Ein Mann:

„Ich suchte nach meinen Angehörigen. Die Stadt glühte, sie
war ja dermaßen heiß, und dann bin ich an den Pirnaischen
Platz gegangen, da lebten Verwandte, und da bin ich über
die Trümmer, alles war menschenleer. Schließlich bin ich
über Balken, verbrannte Balken, und da hab' ich erst später
gemerkt, das waren keine verbrannten Balken, das waren absolut verkohlte Menschen. Die Frauen, die verbrannt waren,
die Oberkörper waren verkohlt oder schwarz, und die Beine
waren rosa, rosa Fleisch, rosa, wie Marzipanschweinchen,
rosa Fleisch, furchtbar. Man hat das damals damit erklärt,
dass das durch die Strümpfe kam, dass die den Verbren-
nungsprozess irgendwie anders gesteuert haben."

Eine Frau:

„Am Vormittag des 15.Februar gab es plötzlich einen
Knall, so einen dumpfen Knall, und man sah eine riesen-
große, dunkle Rauchwolke über der Stadt schweben, und
da sagt meine Mutter: Das war unsere Frauenkirche."

Eine Frau:

„Da waren von der Frauenkirche nur noch eine Au-
ßenwand und ein Riesenberg Trümmer, und sie war so
anklagend, so hilflos, diese große, trutzige Frauenkirche
war nur noch ein Häuflein Unglück."

Ein Mann:

„Wir sind an der Frauenkirche vorbeigekommen, als sie

noch nicht zerstört war. Vor der Frauenkirche stand ja das Luther-Denkmal. Luther war aber schon runtergestürzt und lag bäuchlings auf dem Boden. Da kam ein Soldat und klopft dem Luther auf die Schulter und sagt: Martin, steh' auf, es ist Entwarnung."

Eine Frau:

„Ich war bis zu diesem Dresdener Angriff ein sehr gläubiger Mensch. Durch den Angriff hab' ich den Glauben völlig verloren. Ich konnte nicht mehr. Zurück blieb nur ein namenloser Schmerz."

Kurze Stille. Dann wird die Bühne heller.

Sprecher:

Nun haben wir Frieden. Seit ungefähr einem Dreivierteljahr. Welchen Frieden? Ich meine den Frieden auf dem Balkan. Nach mehr als vier Jahren ist im Herbst 1995 der Krieg im ehemaligen Jugoslawien zu Ende gegangen. Haben wir somit auch Frieden? *Wir* haben ihn jedenfalls, denn die Kameras stehen mittlerweile woanders. Die Kameras haben uns Bilder gezeigt, und wir fragen uns: Wie konnte das passieren? Und morgen schicken wir wieder unsere jungen Leute in die KZ-Gedenkstätten, damit sie aus der Geschichte lernen und dazu beitragen, dass *so was* nicht noch einmal passiert. Wir müssen alle Hoffnungen auf unsere jungen Leute setzen, denn *wir* haben es nicht hinbekommen. Der Krieg im ehemaligen Jugoslawien hat uns in Europa schmerzhaft die eigene Handlungsunfähigkeit vor Augen geführt. Jugoslawien ist nicht nur zum Symbol für das beispiellose Leiden von

Millionen Menschen, sondern zugleich zur Metapher für die Ohnmacht der europäischen Wertegemeinschaft geworden. Das passiert uns in diesem Jahrhundert schon zum dritten Mal.

Für uns in Deutschland ist das besonders peinlich. Wir hatten uns doch nach 45 so viel vorgenommen, wollten uns vor der Welt läutern und zeigen, dass wir nicht nur Kriege vom Zaun brechen können, sondern auch den Frieden. Wir machen aber irgendetwas falsch. Jedenfalls, als das Gewitter in Jugoslawien losbrach, haben wir uns erst mal schnell unter das europäische Dach gestellt, unter dem ja auch das neue Deutschland gebaut werden soll. Alleine im Regen stehen, nein, das wollen wir nicht, wir wollen zeigen, dass wir nicht immer eine Sonderrolle spielen wollen.

Der Gelehrte:

Wir sind eine zu spät gekommene Nation. Bei uns gab es nie eine Staatsidee, anstelle der politischen Idee hatten wir immer den Begriff des Volkes. Die fehlende Möglichkeit, das deutsche Schicksal im Bilde eines Auftrags, einer Stellvertretung zu sehen, d.h. es nach einer Idee von Staat und Verfassung zu deuten, glich die Idee des Volkes aus. Wir, die Zuspätgekommenen, sind nicht fähig zur Behaglichkeit, wir spielen sie nur und bleiben stets unruhig. Für die Welt sind wir riesenhaft und kindlich zugleich, die Emotionalität und der Gestus unserer romantischen Literatur und Musik hat für die Welt das Deutsche in seinen unverwechselbaren Zügen von Schwere und Dunkelheit, Größe und Wucht, Innigkeit und Verträumtheit, unberechenbarer Wildheit und Pedanterie festgelegt.

Der Römer:

Die Germanen unterscheiden sich in vieler Hinsicht von anderen Völkern. Sie legen Wert darauf, dass sich ihr Blut nicht mit dem anderer Völker vermischt. Im Angriff sind sie besonders stark, bei mühseliger Arbeit hingegen legen sie sehr viel weniger Ausdauer an den Tag. Sie lieben den Müßiggang und können doch die Ruhe des Friedens nicht ertragen.

Der Sprecher:

Es hat sich manches geändert. Wir lieben den Frieden, wir sind ein friedliebendes Volk. Ich erinnere an die Worte unseres ehemaligen Ministers für wirtschaftliche Zusammenarbeit, einer Leitfigur der deutschen Friedens- und Ökologiebewegung, des hohen Repräsentanten der Evangelischen Kirche. Wir waren damals in Bonn, der angemessenen Hauptstadt Deutschlands, 300.000 waren wir, wir waren gegen den Nato-Doppelbeschluss, uns hatte die Sehnsucht nach Frieden zusammengebracht, wir wollten mit der Forderung nach einseitiger Abrüstung ein Zeichen setzen, und dann kam der uns alle bewegende Satz: „Wenn die polnischen Arbeiter sich schon das Recht nehmen, darüber zu entscheiden, wie sie leben wollen, dann sollten wir uns zumindest das Recht nehmen, darüber zu entscheiden, wie wir sterben wollen."

Der Chronist:

Am Tag vor dieser großen Kundgebung hatte der Regierungschef dargelegt, wie er zu denen steht, die in der Frage des Friedens anders denken als er:

„Erstens meine ich die überzeugten Gesinnungspazifisten. Ich sage noch einmal: Die haben meinen Respekt, solange ich leben werde.

Zweitens gibt es offenbar eine große Gruppe, die zwar auf das militärische Gleichgewicht zwischen Ost und West nicht verzichten zu können glaubt, die aber Nachdruck darauf legen will, dass das Gleichgewicht auf niedrigeren Ebenen als bisher hergestellt werde. Zu dieser Gruppe der Friedensbewegung möchte ich mich für meine Person bekennen.

Drittens gibt es eine Gruppe, die auf das Gleichgewicht verzichten will und zu einseitiger Abrüstung des Westens oder jedenfalls der Bundesrepublik Deutschland bereit ist. Dazu muss ich klar sagen: Solche Politik schafft nicht zusätzliche Sicherheit, sondern zusätzliche Unsicherheit. Das können wir nicht billigen.

Viertens gibt es eine kleine Minderheit, die die Interessen anderer Staaten vertreten will, die uns z.B. einreden will, sowjetische Raketen seien für den Frieden und amerikanische für den Krieg. Mit denen könnte ich niemals gemeinsam etwas unternehmen. Für mich ist das Ringen um den Frieden ganz untrennbar mit Redlichkeit verbunden."

Der Römer:
Ich muss mich über euch 'Deutsche', wie ihr jetzt heißt, wundern. Habt ihr schon wieder vergessen: Das Goldene Zeitalter war an Rednern und Verbrechern arm. Ihr aber bewundert schon wieder die reine Beredsamkeit. Sie ist ein Kind der Zügellosigkeit, welche die Dummen Freiheit nennen, die Begleiterin von Aufständen, das Aufputschmittel für ein zügelloses Volk, ohne Gehorsam, ohne

Strenge, frech, verwegen, anmaßend, wie sie in wohlgeordneten Staaten nicht entsteht. Von Rednern aus Sparta und Kreta hat man nichts gehört. Aber viele Redner sind in Athen aufgetreten, wo alles das Volk, alles die Unerfahrenen, alle sozusagen alles vermochten. Auch unser römischer Staat brachte eine machtvolle Beredsamkeit hervor, solange er sich auf einem Irrweg befand, solange er sich in Parteiungen, Meinungsverschiedenheiten und Zwietracht verzehrte, solange auf dem Forum kein Frieden herrschte, in der Regierung keine Eintracht, in den Gerichtshöfen kein Maßhalten, keine Ehrfurcht vor den Oberen, keine Mäßigung der Beamten. Euer Redner vor den 300.000, wohl gerüstet mit seiner Beredsamkeit und drohend hat er die zwar klar sprechende, jedoch ungeübte und in dieser Art der Auseinandersetzung unerfahrene Weisheit des Führers der Regierung dem allgemeinen Spott ausgesetzt. Er empfahl euch, nur noch darüber zu entscheiden, wie ihr sterben wollt. Zu berühmt ist in den Augen des Fürchtenden der Gefürchtete, zu leicht fällt der Übertritt zum mächtigeren Nachbarn.

Habt ihr euch besonnen? Habt ihr euch eine Vorstellung vom Wesen des Menschen gemacht und damit von denen seiner Eigenschaften, die man weder den guten noch den schlechten zuzählen kann? Habt ihr begriffen, was jeder Arzt weiß: Sie heißen nämlich nicht einmal beim Körper einen Gesundheitszustand gut, der auf der inneren Ängstlichkeit beruht, es sei, sagen sie zurecht, zu wenig, nicht krank zu sein.

Ihr habt schon wieder einen Krieg zugelassen, was kaum anders ist, als ihn selbst zu führen. Und nun ist Friede. Wo jetzt Ödnis herrscht, da wird von Frieden gesprochen.

Doch die Grausamkeit hat auch im Frieden ihren Platz. Es war ein Bürgerkrieg in Illyricum, Jugoslawien, wie ihr sagt, aber weder in einem Bürgerkrieg noch nach ihm finden in einem verwüsteten Land Sieger und Besiegte in beständiger Treue zusammen.

Und ihr? Einem Krieg seid ihr nicht gewachsen, und im Frieden verliert ihr nichts. Auf euren ständigen Versammlungen bedient ihr euch des Rechts, die Mächtigen anzugreifen, sonnt euch im Licht der Gegnerschaft und verleiht so den Rednern Brandfackeln. Und dann entsteht in eurer Nähe ein Krieg. Vom plötzlichen Schrecken seid ihr gelähmt, doch ihr findet schnell Anlass zu unbegründeter Freude über eure Friedensliebe, zur Heuchelei. Das versetzt euch in schlaffe Trägheit."

Der Chronist:

Die Chronik einer zwei Jahre währenden Heuchelei:

Juni 1991: Slowenien und Kroatien erklären ihre Unabhängigkeit. Doch die serbisch geführte Bundesarmee will die jungen Republiken mit Gewalt in den jugoslawischen Bundesverband zurückholen.

Die Europäische Gemeinschaft verkennt die Situation und setzt immer noch auf die staatliche Einheit Jugoslawiens. Bemühungen um einen Waffenstillstand rücken in den Vordergrund.

Anfang Juli 1991: Die Zwölfergemeinschaft verhängt ein Waffenembargo gegen Jugoslawien. Damit wird die militärische Überlegenheit der Serben verstärkt. Auf der Insel Brioni erreicht die EG, dass beide Republiken ihre Unabhängigkeit für drei Monate aussetzen. Die Beschlüsse werden als Durchbruch zum Frieden und „Stunde Europas" gefeiert. Doch Selbsttäuschung und Ängstlichkeit verhindern ein effektives Krisenmanagement.

Mitte Juli 1991: Die Kämpfe verlagern sich nach Kroatien. Waffenstillstände werden vereinbart und gebrochen. Serbien fühlt sich durch die Passivität des Westens ermuntert, den Krieg zu verstärken.

September 1991: Trotz der Kämpfe beruft die EG die Haager Friedenskonferenz ein. Alle Parteien bestätigen, dass Grenzen nicht gewaltsam verändert werden dürfen. Eine Farce, Europa verfügt über keine eigene Friedenstruppe. Serbien nutzt dies gnadenlos aus. In ihrer Hilflosigkeit rufen die Europäer die UNO um Hilfe an.

November 1991: Auch der dreizehnte Waffenstillstand wird gebrochen. Parallel zu öffentlichen Friedensbeteuerungen wird weiterhin kroatisches Gebiet erobert.

Januar 1992: Kroatien, Slowenien und Bosnien-Herzegowina werden von der EG diplomatisch anerkannt. Man hofft, so den Krieg stoppen zu können. Die mit der Anerkennung verbundene Internationalisierung des innerjugoslawischen Konflikts ermöglicht es der UNO, militärische Mittel zur Friedenssicherung einzusetzen. Doch ein gemeinsames, internationales Handeln bleibt aus, die westlichen Hauptstädte beantworten die Frage, ob die Souveränität der drei jungen Republiken mit Waffengewalt zu schützen sei, mit einem klaren Nein. Niemand sieht seine nationalen Interessen bedroht.

Februar 1992: Nach langem Tauziehen schicken die Vereinten Nationen Blauhelme nach Kroatien. Die Serben stimmen erst zu, nachdem sie ihre Kriegsziele dort erreicht haben. Der UN-Plan sieht vor, dass Vertriebene zurückkehren sollen und serbische Milizen entwaffnet werden. Beides wurde nicht erreicht.

März 1992: Als erste Maßnahmen gegen die Unabhängigkeit Bosnien-Herzegowinas errichten Serben in Sarajewo Blockaden. Der Westen setzt weiter auf Verhandlungen.

Juni/Juli 1992: UN-Blauhelme dürfen in Sarajewo zumindest den Flughafen sichern. Wie in Kroatien wird in Bosnien-Herzegowina unentschlossen und zu spät gehandelt. EG, OSZE und UNO haben kein Konzept.

August 1992: Die UNO will nur die Hilfslieferungen militärisch schützen. Die Bevölkerung wird mit Lebensmitteln versorgt. Die Londoner Friedenskonferenz verurteilt gewaltsame Landnahme und Vertreibungen.

Oktober 1992: Über Bosnien-Herzegowina wird ein Flugverbot für Militärmaschinen verhängt. Serbische Kampfflugzeuge ignorieren das Verbot. Verstöße werden nicht geahndet. Der Westen wartet lieber ab und setzt seine Hoffnungen auf Konferenzen.

Januar 1993: In Genf geht es nur noch um den Vance-Owen-Plan, der eine Aufteilung Bosnien-Herzegowinas in zehn autonome Gebiete vorsieht. Serben und Moslems lehnen aber ab, die Kämpfe gehen weiter.

April 1993: Gegen Restjugoslawien werden jetzt verschärfte Sanktionen verhängt. Aber auch knapp ein Jahr nach den ersten UN-Sanktionen ist das Embargo nicht wirksam durchgesetzt.

Je länger der Krieg dauert, desto stärker passen sich die internationalen Friedensvorschläge den Fakten an, die durch militärische Aktionen und Flüchtlingsbewegungen geschaffen wurden.

Mai 1993: Präsident Clinton will die Serben nun durch ein militärisches Eingreifen zur Annahme des Vance-Owen-Plans bewegen. Briten und Franzosen wiegeln ab. Sie fürchten um die Sicherheit ihrer Soldaten. In Athen unterzeichnet der Führer der bosnischen Serben, Karadzic, den Vance-Owen-Plan, allerdings unter Vorbehalt. Endgültig sollen seine bosnischen Serben entscheiden. Die lehnen den Plan denn auch ab, was ganz im Sinne von Karadzic ist.

Juni 1993: Der UN-Sicherheitsrat richtet sechs Schutzzonen für die eingekesselten Moslems ein. Theoretisch dürfen die Blauhelme Gewalt anwenden, wenn die Schutzzonen angegriffen werden. Für Gesamtbosnien-Herzegowina hat die UNO keine klare, aktive Strategie. Um jetzt noch Frieden zu schaffen, müsste die UN-Truppe um zig-Tausende verstärkt werden, auf Jahre in Bosnien-Herzegowina bleiben und gegen alle Parteien kämpfen. Die Moslems haben fast alles verloren. Bei neuen Gesprächen verständigen sich Serben und Kroaten auf eine Dreiteilung Bosnien-Herzegowinas. Den Moslems würden danach etwa 10 % des Landes bleiben, obwohl sie vor dem Krieg die

Bevölkerungsmehrheit stellten. Ende des Monats scheitert der Versuch, den Konflikt mit noch mehr Waffen zu lösen. Der UN-Sicherheitsrat lehnt Waffenlieferungen an die Moslems ab.

Der Römer:

Die Wahrheit in politischen Dingen wird auf immer neue Arten entstellt, vor allem aus Unkenntnis der Natur eines Gemeinwesens, als sei es ein fremdes Gebilde. Der Schutz des Menschen wird dabei missachtet, und schon gar nicht kann diplomatische Beredsamkeit ihn gewährleisten. Schließlich ist unter Schuldlosen der Beredsame überflüssig wie der Arzt unter Gesunden. Erwartet letztendlich nicht, dass Leute, die den Frieden aus Lust am Kriege stören, den Krieg aus Liebe zum Frieden beilegen! Aber ihr, wisst ihr nicht, dass die Natur des Menschen dahin geht, fremde Gefahren bestaunen zu wollen, während er selbst in Sicherheit ist?"

Der Sprecher:

Das Fernsehpublikum ist der Undurchsichtigkeit des politischen Taktierens müde, es möchte die Wahrheit sehen – aus sicherer Entfernung und des Schauders wegen. Der Fernsehkorrespondent spricht aus Sarajewo:

„Guten Abend, meine Damen und Herren!

Wie fröhlich könnten Sie aufatmen, wenn ich Ihnen jetzt mitteilte, außer mir wäre jetzt niemand mehr in Sarajewo. Das wäre *die* Lösung, *die* Erleichterung für unser aller Gewissen. Einfach alle Bosnier ausfliegen mit der UNO, irgendwohin ins Grüne, ein Krieg wäre elegant zu

Ende gebracht. Was stört uns schon der kleine Heimatverlust der moslemischen Vertriebenen? Politikern übrigens gefällt diese Idee. Aber so billig kommen wir nicht davon. Sie leiden und sterben weiter in Sarajewo, trotz großer Worte aus dem Westen, und wir berichten zum aberhundertsten Mal hilflos und enttäuscht. Vielleicht wäre es leichter, mit einer Handbewegung das Thema abzuhaken, wie viele es tun. Vergesst Jugoslawien! Und, kommt uns nicht mit Bosnien! Aber es geht doch um Menschen, um Mitbewohner der gleichen Welt, um zahllose Kinder beispielsweise in Sarajewo. Sie trifft der Krieg zuerst, er zeichnet sie für alle Zukunft.

Aber wen interessieren schon Kinder, wer hört gar auf sie? Geben wir ruhig zu, niemand. Wer kümmert sich überhaupt um das Unrecht und die Brutalität auf dem Balkan? Ernsthaft doch wohl niemand. Die Serben haben Erfolg gehabt, die Kroaten auch. Allenfalls ihr Ruf ist lädiert. Allüberall tönen zwar die Politiker, Grenzen dürften nicht verschoben werden. Nichts als Worte. Die Serben und Kroaten lachen sich eins. Sie folgen den Regeln der Realpolitik. Sie schaffen Fakten und unterschreiben auch ein paar Verträge, aber als geübte Rosstäuscher kreuzen sie dabei die Finger hinter ihrem Rücken. Niemand tut ihnen etwas, weil sich niemand wirklich um ihre Schurkereien schert. Denn Bosnien ist ja nicht Kuweit.

Die Bosnien-Karte sieht mittlerweile aus wie eine vom Winde verwehte Briefmarkensammlung. Die bunten Flecken, das sind die verschiedenen ethnischen Gruppen, zusammengetrieben von den Armeen. Sechs von ihnen hat die UNO jetzt zu sog. sicheren Gebieten erklärt, doch sie sind eher sechsmal die Hölle, sechs große Gefangenenlager. Darin vegetieren die bosnischen Muslime, von Granaten, Hunger und Durst bedroht. Die Blauhelme dürfen ihnen nur helfen, wenn die Serben und Kroaten es zulassen. Das Wenige, das angeliefert wird, raffen auch noch die lokalen Behörden an sich, um es weiterzuverschachern.

In dieses mörderische Treiben versuchen ein paar UN-Soldaten ein wenig Menschlichkeit und Ordnung zu bringen. Doch die Weltpolizisten sind machtlos, weil ihnen ihr höchster Chef, der Sicherheitsrat, nur halbherzige Aufträge erteilt. Die großen Mächte in der UNO verfolgen eigene, ganz verschiedene Interessen auf dem Balkan. Hier gelten die Soldaten unter dem blauen Helm als possierliche Sendboten der Vernunft in einer Wüste des Wahnsinns. Sie haben zwar die schönen Worte der Welt im Rücken, stehen aber hilflos vor ein paar besoffenen Soldaten irgendwelcher Milizen, und richtige, schwere Waffen dürfen sie nicht einsetzen.

Gleichzeitig irren in Bosnien die Menschen durch die Ruinen einer meist friedlichen Vergangenheit. Muslime, Kroaten, Serben haben hier einmal zusammengelebt, das Brot geteilt, dann Bomben aufeinander geworfen, in wechselnden Allianzen sogar zwei gegen einen gefochten. Nun stolpern sie über unerklärliche Fronten, verlieren sich in einem verrückten Alltag, ringen um ihr bisschen Leben, ohne Hoffnung, denn zu Hilfe kommt ihnen keiner.

Wenn der Wahnsinn Wirklichkeit bleibt, wenn der Krieg weitergeht, dann erfüllt sich für die Machtpolitiker und die Wegelagerer bald der Wunschtraum vom großserbischen Reich. Die blindwütigen Streiter für ein Großreich haben vom ersten Schuss an ihren Hass gegen die offengelegt, die anders denken und glauben als sie. Ihre Massaker und ihre Eroberungszüge geschahen vor aller Augen. Die Kriegszuschauer aber verkrochen sich hinter dem Verhandlungstisch und ließen sich tausend Lügen erzählen. Dabei wurden Millionen Menschen vertrieben, Europa sieht der größten Flüchtlingskatastrophe seit dem 2.Weltkrieg zu. Dies sind sattsam bekannte Bilder, ich weiß, wir wollen sie nicht mehr sehen, aber sie sind die grausame Wirklichkeit.

Wen also rührt das alles überhaupt? Anscheinend niemanden. Aber wenigstens haben die Bosnier ein paar Wahrheiten gelernt. Aggression zahlt sich aus, Stärke zählt, große Armeen sind gute politische Instrumente. Kratzt einer nicht an den Grenzen der großen Mächte, kann er seinen Nachbarn ruhig ermorden. Stört er nicht die Wirtschaftskreise der Industrienationen, kann er sich sein Land ungeschoren gewaltsam vergrößern. Massenmord und Vergewaltigung sind nicht ehrenrührig. Lügner und Heuchler, auch das ist jetzt wohl die Regel, lädt man freundlich an den Verhandlungstisch, unterzeichnet gemeinsam mit ihnen Papiere, an die doch keiner glaubt. Kommt ein Volk in Not, dann findet sich die übrige Welt gerade noch bereit, die Menschen im wahrsten Wortsinn abzuspeisen. Die Zivilisation ist keinen Pfifferling wert. Das haben wir wohl auf dem Balkan gelernt. Die Barbarei triumphiert in dieser Welt der schönen Verfassungen, Verträge und Völkerrechte. Wer das Opfer wird, ist selber schuld. Den kann man gleich vergessen. Guten Abend."

Der Chronist:

Das gequälte Sarajewo kann sich kurzzeitig in der Stimme Milan Sterns Gehör verschaffen, eines Psychiaters an einer Klinik in Sarajewo, eines Berufskollegen des bosnischen Serbenführers Radovan Karadzic:

„Nationalität und Nationalismus ist nichts zum Anfassen, es ist etwas im Kopf, eine Illusion.

Meine Wahrheit war vollwertig, war echt. Und dann plötzlich kamen die bösen Geister, ich kann es nicht anders nennen, und haben diese Suppe langsam gekocht. Und die Guten haben sich auch verändert. Langsam haben sich die Leute verändert, auch meine guten Freunde, z.B. ein Kardiochirurg aus unserer Klinik, das war unser guter Freund, ein guter Mann, und jetzt, was hat er gemacht? Über Nacht ist er zu den Serben geflohen, und aus der Klinik hat er Apparaturen, Spritzen und Medikamente geklaut. Und was er nicht mitnehmen konnte, hat er zerstört, auch Sachen für Kinder, das kann ich nicht mehr nachvollziehen. Es entstand eine neue Wahrheit im Kopf. Ich bin Psychiater von Beruf, aber ich sage es, ich kann's nicht nachvollziehen. Ich weiß nicht, was passiert ist."

Der Sprecher:

Angesichts der verzweifelten Lage der Moslems gab der deutsche Regierungschef am 22.Juni 1993 folgende Stellungnahme ab:

Der Chronist:

„Angesichts der Tatsache, dass in den letzten Wochen auf dem Weg zu einem wirklichen Schutz der Muslime kaum Fortschritte gemacht worden sind, habe ich hier noch einmal eindringlich die Frage aufgeworfen, ob wir nicht die moralische Pflicht hätten, den Muslimen eine wirkliche Selbstverteidigung zu ermöglichen, d.h. das bestehende Waffenembargo zumindest zum Teil aufzuheben, weil es nach unserer Überzeugung nicht angehen kann, dass die internationale Staatengemeinschaft die bosnischen Muslime in ihrer dramatischen Lage auf sich allein gestellt sein lässt."

Der Sprecher:

Unter den Mitgliedern des Europäischen Rats fand der deutsche Regierungschef nur wenig Zustimmung, die Mehrheit gab sich, im Zaudern geübt, skeptisch.

Auch im eigenen Land fiel die Reaktion sehr verhalten aus. Lebhaft hingegen war die Zustimmung zum Eilantrag der Opposition beim Bundesverfassungsgericht, mit dessen Hilfe das bereits in Somalia befindliche Vorkommando zur Unterstützung der dort stationierten UN-Einheiten zurückberufen werden und die Entsendung eines Hauptkommandos verboten werden sollte. Nach einem blutigen Gefecht zwischen somalischen Milizen und Angehörigen der UN-Truppe lautete das Argument für diesen Eilantrag, es gebe für die deutschen Soldaten in Somalia „kein sicheres Umfeld"

Die Diskussion über Sinn und Zulässigkeit der deutschen Teilnahme an Friedensmissionen flammte erneut auf, als in Kambodscha ein deutscher Blauhelmsoldat Opfer einer Gewalttat wurde. Er war mit seinem Jeep in eine große Pfütze gefahren und hatte drei Motorradfahrer bespritzt. Diese schossen darauf wütend auf das UN-Fahrzeug und trafen den Deutschen tödlich.

Der Gelehrte:

Die Kategorien menschlichen Zusammenlebens sind bei euch von Vorstellungen geprägt, die das Ergebnis einer nicht vollständig durchdrungenen Romantik sind. So ist es zu einer schlechten Gewohnheit geworden, dem geschichtlichen Wandel die Kategorie der Entwicklung aufzupressen.

Und da ist es kein Wunder, dass der deutsche Regierungschef mit seinen Vorstellungen von der Herbeiführung des Friedens keine politischen Mehrheiten findet. Nicht als Konservativer hat er seinen Vorschlag zur militärischen Unterstützung der Moslems gemacht, sondern als Historiker. Als Historiker hat er den Zeitpunkt für die Vereinigung Deutschlands erfasst und seine entsprechende Politik gegen jeden gewohnheitsmäßigen Skeptizismus betrieben. Und als Historiker hat er begriffen, welche selbst auferlegten Beschränkungen Deutschland auf Grund seiner neuen Rolle in der Welt zu überwinden hat. Die Bemerkung des Alterspräsidenten des deutschen Bundestags über ein Jahr später hingegen kam, wieder einmal typisch für die verspätete Nation, verspätet.

Der Chronist:

Am 10. November 1994 sagte der Alterspräsident anlässlich der konstituierenden Sitzung des Bundesparlaments u.a. folgendes: „Deutschland, und gerade das vereinigte, hat seine Bedeutung in der Welt gewonnen, der voll zu entsprechen wir erst noch lernen müssen."

Der Gelehrte:

Es muss Weiteres in Deutschland gelernt und begriffen

werden: Deutschland hatte kaum Anteil an der Ausbildung des auf das natürliche Recht des Menschen gegründeten Staats- und Völkerrechts. Deutscher-Sein enthält kein Bekenntnis, es enthält keinen Dienst an übernationalen Idealen – Deutsch-Sein ist einfach nur Ausdruck einer Wirklichkeit. Dort, wo andere von Staat reden, redet man in Deutschland von Volk. Wie aber kommt es in Deutschland zu der eigentümlichen Rolle des Volksgedankens im politischen Bewusstsein und zu der von westlicher Staatsauffassung so völlig verschiedenen Bewertung der Geschichte für den Staat?

Das deutsche Volk ist ein Urvolk mit gewachsener Sprache, nicht latinisiert und deshalb mit seinem Ursprung noch in Kontakt, aus ihm sich erneuernd und nicht nur entstanden. Nichts kann es über sich als Form und Ordnung dulden, wenn es nicht aus ihm selbst kommt.

Wie anders dagegen Rom! (*Wendet sich leicht zum Römer.*) Rom war kultivierende Weltmacht, hat Germanien ins Licht der Geschichte gehoben, hat es als römisch-katholische Kirche christianisiert. Von dieser Romanisierung hat sich ein Teil des Volkes in der Reformation befreit. In den folgenden Glaubenskämpfen zerfiel Deutschland in das Gegeneinander von Fürsten- und Kaisermacht. Das deutsche Volk blieb real, wurde aber nicht sichtbar. Diesen Unterschied zu erfassen, dafür mangelt es euch in Deutschland an historischem Bewusstsein. Ihr wisst nicht um eure zerquälte Weltfrömmigkeit, weil ihr die wirklichen Möglichkeiten und Grenzen der deutschen Romantik-Bewegung nicht versteht. Ihr verliert euch in ein oberflächliches Klischee, und von der Weltfrömmigkeit blieb nur ein sentimentaler

Reflex. So hat sich denn in Deutschland auch kein gesellschaftliches Interesse an theologischen Fragen entwickelt, als Äquivalent bildet ihr einen weltanschaulichen Ernst aus. Dem Zuwachs an Macht entspricht kein Zuwachs an Freiheit. Wohl deswegen tut ihr euch so schwer, eurer neuen Rolle gerecht zu werden. Ihr habt euch an puppige Größenordnungen gewöhnt, Skrupel und sentimentale Verirrungen blockieren euch.

Das deutsche Volk hat im Denken die größten Freiheiten errungen, sein Handeln hingegen ist davon wenig berührt. Die Selbstunsicherheit des deutschen Geistes aber ist es, die diesen als einzigen auf der Welt vor keinem Abenteuer des Gedankens zurückschrecken lässt, um sich zu finden. All das arbeitet in euch, aber ihr wisst es nicht, und so bleibt es begriffflos. Bei euch zeigt sich als Sentimentalität, was in der Tiefe geschichtliche Ratlosigkeit ist. Rührselig hingegeben an politische und historische Missverständnisse lasst ihr Grausamkeiten zu, seid selber grausam. Ihr seid euch dessen jedoch nicht bewusst, stattdessen jammert ihr: Wie konnte Gott das zulassen?

Der Römer:

Viele vertreten die Ansicht, dass sich die Götter nicht um die Menschen kümmern; deswegen passiere den Guten häufig Unglück, den Schlechten aber gehe es gut. Doch ich sage zum einen: Gottlos sind die Gebete derer, die siegen, weil sie die Schlechteren sind. Zum anderen sage ich: Nicht sorgen die Götter für unser sorgloses Dasein, nein, sie sorgen für unsere Bestrafung.

Im übrigen verhält es sich so: Die Ereignisse passen sich dem Fatum an. Das hängt jedoch nicht von dem unsteten

Lauf der Gestirne ab, sondern ist in den Grundgesetzen und Verkettungen der natürlichen Ursachen begründet. Die Wahl des Lebensweges ist uns überlassen, die Folgen der Ereignisse nach vollzogener Wahl sind aber bereits vorausbestimmt.

Schaut also auf die, die mit eurer Billigung regieren:

Der eine hat seine Charakterstärke bewahrt, die aber durch die Unterwürfigkeit in seiner Umgebung beeinträchtigt wird.

Der andere hat es zu äußerster Redefähigkeit gebracht, besitzt aber keine wahre Bildung. Wegen glänzender äußerer Eigenschaften, die Tugenden ähneln, steht er bei euch in hohem Ansehen. Einen durch wirkliche Tugenden berühmten Mann bringt ihr dann an die Spitze, wenn ihr euch reinwaschen wollt.

Ein Dritter ist von Natur aus gutmütig; doch wenn ihn Furcht überkommt, ist er leicht zu beeinflussen. Wenn die Gefahr für einen anderen auch sein Leben bedroht, versetzt er dem Stürzenden den letzten Stoß, um den Verdacht zu vermeiden, ihn gestürzt zu haben.

Wieder ein anderer ist unter der Herrschaft anderer glücklicher als unter der eigenen. Der Charakter dieser Menschen hält die Mitte: mehr fern von den Lastern als geprägt durch persönliche Leistungen; dem Ruhm gegenüber sind sie weder gleichgültig, noch machen sie viel Aufhebens um ihn. Gegenüber Freunden, wenn sie an Tüchtige geraten, sind sie, ohne Tadel zu erregen, nachsichtig, sind jene hingegen charakterlos, sind sie bis zur Schuldhaftigkeit blind. Der Glanz ihrer Stellung ist ihnen Deckmantel, so dass man, was Trägheit ist, für Klugheit hält. Bedeutender als jeder andere Privatmann scheinen sie zu sein, solange sie Privatmann sind, den Eindruck, zur Herrschaft fähig zu sein, erwecken sie, solange sie die Herrschaft nicht ausüben.

Ein Weiterer vernimmt Botschaften mit froher Miene, aber beklommenen Herzens, und wenn er Gnade zeigt, errötet er nicht über die Gehässigkeit, die häufig in ihr liegt. Als Lobredner auf die Tüchtigkeit eines anderen offenbart er seine tiefe persönliche Feindschaft gegenüber dem Gelobten. Zieht er sich in sich zurück, zeigt dies die Grausamkeit seiner Gedanken.

Und alle sind an die Macht gekommen, weil sie es am besten verstanden, andere zu übervorteilen. Sie blieben übrig, weil der Eigennutz ihr stärkster Antrieb war. Eigennutz aber ist Gift für eine wahre Gesinnung.

Der Sprecher:

Hören wir richtig? Ist dies das Gift, das einatmen zu müssen sich unsere jungen Leute zunehmend gewaltsam wehren?

Der Chronist:

Von 1994 bis 1995 stieg die Quote der Raubdelikte jugendlicher Tatverdächtiger um 25 %, 1996 nochmals um 16,2 %, der Anstieg der Delikte lag bei 38 %.

Der Sprecher:

Zur Situation des Friedens in unserem Lande, der von den Jungen aufgekündigt zu werden scheint, eine besorgte Stimme aus der Wissenschaft: „Das muss uns nicht wundern: Erwachsene sind für Kinder und Jugendliche mittlerweile eher zu Leitbildern für die Jagd nach

Geld, Karriere und persönlichen Vorteilen geworden als zu nachahmenswerten Vorbildern. Steuerhinterziehung und Subventionsbetrug, Schwarzarbeit und Missbrauch staatlicher Sozialsysteme sind zu Kavaliersdelikten geworden, welche die desillusionierte Mehrheit nicht mehr zu erschüttern vermögen, Jugendliche jedoch auf ein verwahrlostes Moralsystem einspuren. Immer seltener gibt es für die jungen Leute die Erfahrung eines tragfähigen Sinns. Stattdessen werden sie mit einer Fülle künstlicher Ersatzerfahrungen allein gelassen, die sie jederzeit in unbegrenzter Fülle auf Knopfdruck abrufen können. Sie sind einer Gesellschaft ausgeliefert, der Gewinn und Wohlstand alles bedeutet. Mit den Vorbildern ist der Geist verschwunden. Diesen Geist fordern die Jungen nun heraus, gewaltsam, gewaltsam, weil man ihnen den Zugang zu ihm nicht freiwillig ermöglicht, weil er sich selbst freiwillig nicht zeigt."

Der Gelehrte:

Der Geist bei euch ist zu aufgeklärt, um noch christlich sein zu können, aber nicht aufgeklärt genug, um es wieder zu werden.

Vor 600 Jahren sprach mein arabischer Freund Ibn Khaldun darüber, dass ohne Corps-Geist ein Gemeinwesen keinen Bestand haben kann. In einer städtischen Gesellschaft müsse ein Gefühl der Verbundenheit und Zusammengehörigkeit entstehen durch, wie er sagte, „geselligen Verkehr, durch Kameradschaft, durch lange, gegenseitige Prüfung und Erprobung und durch Beschäftigung miteinander." Dieses Gefühl von Verbundenheit und Zusammengehörigkeit entstehe zwischen solchen

Menschen, die gemeinsam erzogen würden und alle Schicksale des Lebens teilten. Beginne ein Gemeinwesen, seinen Corps-Geist allmählich einzubüßen, so gebe es dafür untrügliche Anzeichen. „Wisse", so sprach er, „dass der Bau des Staates auf zwei Fundamenten beruht, die durchaus nicht zu entbehren sind: Das erste ist die materielle Gewalt, die ihren Ausdruck in der Kriegsmacht findet. Das zweite ist die Finanzwirtschaft, durch welche das Heer besteht und die Bedürfnisse des Staates in den verschiedenen Lagen bestritten werden. Beginnt nun für den Staat der Verfall, so macht er sich in diesen beiden Fundamenten zuerst bemerkbar."

Europa kann von meinem alten arabischen Freund viel lernen. Er hat den Finger darauf gelegt, dass Sozialstaaten, die auf der Basis von Staatsverschuldung Wohlstand ohne Produktivität finanzieren und deren Liberalität in tätiger Rührseligkeit die Sicherheit der eigenen Bürger aufs Spiel setzt, im Niedergang sind.

Frei sein heißt, gegen sich selber Verdacht bekommen. Ihr seid euch unverdächtig. So setzt ihr eure Jugend, euch selbst und eure Nachbarvölker den schlimmsten Gefahren aus.

Der Chronist:

Rund 600 000 Kinder in Deutschland gelten als „ausgeprägt aggressiv". Die jährliche Zuwachsrate bei jugendtypischen Gewaltdelikten liegt in deutschen Großstädten bei 40 %. Die Anlässe für Gewalt werden nichtig, die Hemmschwellen sinken, und gleichzeitig steigt die Brutalität der Gewaltausübung an.

Bilanz des Krieges auf dem Balkan:

Nach vier Jahren Krieg und ethnisch motivierten Morden und Vertreibungen sind mindestens 200 000 Tote, Hunderttausende Verletzte, Millionen Flüchtlinge und Vertriebene zu verzeichnen. Weite Teile des Landes sind vollkommen verwüstet.

Die kroatische Regierung beziffert den wirtschaftlichen Schaden auf 27 Milliarden US-Dollar, was einen Wert von 5 000 US-Dollar pro Kopf der Bevölkerung bedeutet. 37 % des kroatischen Wirtschaftspotentials wurden vernichtet.

Erheblich gravierender als in Kroatien sind die Schäden in Bosnien-Herzegowina. Bis September 1995 waren 145.000 Todesopfer, darunter 17 000 Kinder registriert. 174.000 Menschen wurden verletzt, davon 75 000 bis zur Invalidität. Die tatsächliche Zahl der Opfer dürfte aber deutlich höher liegen. Die Wirtschaft ist weitestgehend zum Stillstand gebracht. 80 % der Bevölkerung überleben durch humanitäre Hilfe. Die bosnische Regierung schätzt den gesamten Kriegsschaden auf 50-70 Milliarden US-Dollar. Die Weltbank erkennt aber nur 10 bis 20 Milliarden US-Dollar an.

Auch in Serbien und Montenegro, den nur indirekt am Krieg beteiligten Republiken, wird die wirtschaftliche Erholung Jahrzehnte dauern.

Kurze Stille, dann ertönen wieder einige Takte aus dem Dresden-Oratorium. In die allmählich verklingende Musik hinein spricht eine Stimme:

„Stell dir vor, es ist Krieg, und keiner geht hin ...